vers le large

Titre original : *Öppet hav*

Première édition : Bonnier Carlsen Bokförlag, Stockholm, Sweden
Publication en langue française en accord avec Bonnier Group Agency, Stockholm, Sweden

ISBN : 2-84420-484-8

Loi n° 49-956 du 16 juillet 1949 sur les publications destinées à la jeunesse
Maquette : Bärbel Müllbacher

vers le large

Annika Thor

Traduit du suédois
par Agneta Ségol

Roman

Illustration de couverture
de Claude Cachin

EDITIONS
THIERRY
MAGNIER

Cet ouvrage a été traduit
avec le concours de l'Institut suédois.

Annika Thor est née en 1950 et a grandi dans une famille juive à Göteborg. Bibliothécaire, scénariste pour le cinéma et le théâtre, elle écrit tout particulièrement pour les adolescents.

Annika Thor a reçu en l'an 2000 le prix suédois Astrid-Lindgren pour l'ensemble de son œuvre.

Après *Une île trop loin* (2003), *L'Étang aux Nénuphars* (2005), *Les Profondeurs de la mer* (2006), publiés aux éditions Thierry Magnier, *Vers le large* est le dernier tome d'une série de quatre livres relatant le destin de Steffi et Nelli.

Une île trop loin a reçu en 1996 le Deutscher Jugendliteratur Preis, le Prix Tam-Tam 2003 au Salon du livre et de la presse jeunesse à Montreuil, ainsi que le prix Livrentête 2004 (Union nationale Culture et Bibliothèque pour tous).

Autre texte d'Annika Thor traduit en français :
Le Jeu de la vérité, éd. Casterman (coll. Dix et plus), 1999.

Agneta Ségol, la traductrice, née en Suède, vit depuis de nombreuses années en Normandie. Elle a deux métiers qui la passionnent : elle enseigne la langue et la civilisation françaises aux étudiants du monde entier à l'université de Caen et elle traduit des romans pour enfants, adolescents et adultes. Selma Lagerlöf, Astrid Lindgren, Maria Gripe, Ulf Stark et Henning Mankell comptent parmi les écrivains qu'elle a traduits.

1

Le cortège de camions traverse la ville avec son chargement d'hommes et de femmes en liesse. Des drapeaux norvégiens flottent sur une des voitures, des drapeaux danois sur une autre, une troisième arbore les couleurs tchèques : rouge, blanc, bleu. Différentes mélodies et langues se mêlent en un chant commun qui résonne contre les murs des immeubles.

Steffi, vêtue de son léger manteau bleu, se trouve parmi les gens massés sur les trottoirs pour regarder passer les camions. Il y a quelques heures, c'était un lundi comme un autre, un jour tout à fait ordinaire. Si toutefois le mot « ordinaire » a un sens en ce drôle de printemps 1945. Ce printemps dont chaque jour a apporté son lot de nouvelles sur les victoires des Alliés et les défaites des Allemands. Un printemps chargé d'espoir.

Et cette paix, tant attendue, est enfin arrivée. Les klaxons des camions l'acclament triomphalement : la paix !

Steffi observe les visages rayonnants de bonheur autour d'elle. Ceux des réfugiés norvégiens, danois et tchèques heureux de pouvoir enfin rentrer chez eux. Ceux des Suédois heureux pour eux.

Quant à elle, elle ne peut plus rentrer, elle n'a plus d'endroit qu'elle puisse appeler « chez elle ».

Pourtant, comme elle a attendu ce jour ! Depuis tant d'années. Quand la guerre sera finie, se disait-elle. Quand la guerre sera finie…

Et maintenant qu'elle est finie, que va-t-il se passer ? Où va-t-elle aller ?

– Steffi !

Maj se fraye un chemin à travers la foule. Son manteau est déboutonné et ses yeux brillent derrière ses lunettes aux verres épais.

– Oh, Steffi ! Comme je suis heureuse ! s'exclame-t-elle en la serrant dans ses bras.

Elle voit immédiatement qu'il y a un problème. Steffi n'est pas aussi réjouie qu'elle devrait l'être. Maj le sait instinctivement. Pas besoin de mots, un regard lui suffit pour comprendre et pour que Steffi le sente.

Steffi sort de sa torpeur et se laisse emporter par l'euphorie générale.

– Viens, dit-elle à Maj. Viens, on monte avec eux !

Main dans la main, elles se mettent à courir dans la rue. Un des véhicules déjà bondé ralentit. Des bras se tendent pour aider les deux filles à grimper.

« Ja, vi elsker dette landet… »

Ce sont des Norvégiens. Essentiellement de jeunes hommes, mais aussi des filles et quelques personnes plus âgées. Ils chantent leur hymne encore et encore. Beaucoup dressent deux doigts en l'air : V pour Victoire.

Steffi distingue un visage qu'elle reconnaît : celui d'une fille au regard bleu et limpide sous une chevelure blonde surmontée d'un béret. Un grand jeune homme aux traits marqués et vêtu d'un pull norvégien se tient à ses côtés et l'entoure de son bras.

Au même moment, Irja s'aperçoit de la présence de Steffi. Bien qu'elles ne se soient rencontrées que deux fois, elles réagissent immédiatement.

– Stéphanie ! s'écrie Irja en la serrant dans ses bras et en l'embrassant bruyamment sur la joue. C'est merveilleux, n'est-ce pas ? Voici Jon, mon fiancé.

Steffi présente Irja à Maj.

– Maintenant que Jon peut voyager, explique Irja, nous allons nous marier dès que possible. Pour commencer, nous habiterons chez ses parents à Hamar. Et toi ? Quels sont tes projets ?

– Je ne sais pas, dit Steffi.

Irja ne pose pas d'autres questions.

– J'ai croisé Sven l'autre jour, poursuit-elle. Par hasard, dans le tram. Tu savais qu'il était étudiant en médecine ?

Non, Steffi n'est pas au courant. La dernière fois qu'elle l'a vu, il faisait son service militaire. Il y a de ça plus de trois ans maintenant. Depuis, elle n'a eu aucune nouvelle. Lui qui voulait être écrivain s'oriente donc vers la médecine. Ça signifie qu'il a cédé à la pression de ses parents.

Le rêve le plus cher de Steffi est justement d'être médecin. Elle va bientôt passer son bac, mais elle ne sait pas comment elle va réussir ensuite à financer d'aussi longues études.

« *Ja, vi elsker…* » Irja et Jon chantent avec les autres. Maj se joint à eux en prenant son meilleur accent norvégien.

Steffi finit par faire pareil.

Durant l'après-midi, les camions sillonnent les rues en passant par le consulat norvégien, danois puis britannique. Ils descendent jusqu'au port où quelques navires hollandais sont à quai depuis plusieurs années faute d'obtenir l'autorisation de quitter Göteborg. Ils passent devant l'immeuble du quotidien *Handelstidningen* qui a publié des informations qu'aucun autre journal n'avait osé diffuser pendant les années de guerre.

Steffi retient son béret bleu dont le vent printanier cherche à s'emparer. C'est le béret que portent traditionnellement les candidats au bac entre les écrits en mars et les oraux début juin. Chacun le décore à sa façon. Sur le sien, Steffi a brodé en lettres maladroites : *M'en demandez pas trop !* Elle a choisi la phrase la plus courte possible, le travail manuel n'ayant jamais été son fort, alors que certaines de ses camarades ont composé de longs textes pleins d'humour.

La ville grouille de monde. Les gens qui, avant, se déplaçaient vite, le regard rivé au sol, avancent aujourd'hui d'un pas léger, presque en dansant, comme si c'était un jour de carnaval. Les étudiants de l'université de Göteborg défilent dans les rues. Sur la place Gustav-Adolf, des écoliers danois et norvégiens se sont rassemblés pour chanter leur hymne respectif.

Partout flottent les couleurs danoises, norvégiennes, britanniques et américaines. Rouge, bleu, blanc. De grands drapeaux sur les maisons et sur les voitures, de plus petits dans les mains des gens qui ont décoré leurs vêtements de rubans multicolores.

Tard dans la soirée, Steffi et Maj rejoignent la foule à Götaplatsen. En haut des marches du musée des Beaux-Arts, un homme, muni d'un porte-voix, lit un communiqué annonçant la capitulation allemande. Les gens crient et applaudissent.

Soudain tout le monde se tait, les visages se lèvent vers le ciel.

– Regardez ! Regardez !

Une bande d'oies sauvages passe au-dessus de la place. Sa formation serrée dessine un V dans le ciel : un oiseau en tête, les autres derrière en deux lignes diagonales.

V comme Victoire. Le vol libre des oies en route pour le nord.

Oui, Steffi est heureuse. Comment ne pas l'être un jour comme celui-ci ?

Lorsque la foule commence à se dissiper, Steffi passe son bras sous celui de Maj dans l'intention de rentrer. Elle se retourne et… rencontre les yeux gris de Sven.

2

Nelli regarde par la fenêtre de la salle de classe. Les arbres qui viennent d'éclore se sont drapés d'un feuillage vert tendre. Elle a envie de sortir, de faire du vélo, elle veut courir, sentir le vent dans ses cheveux qui lui descendent maintenant jusqu'à la taille.

Elle tourne distraitement une de ses nattes entre ses doigts et compte les jours qui lui restent jusqu'à la fin de l'école. Cette fois-ci, il n'est pas question d'une simple fin d'année mais de la fin de toute sa scolarité.

En juin, elle termine sa sixième année, la dernière de l'école obligatoire. À l'automne, elle aura treize ans et elle suivra des cours de travaux ménagers deux jours par semaine avec Sonia et les autres filles de son âge. Elle apprendra à faire la cuisine, à laver, à repasser, à s'occuper d'un foyer. Et ensuite ?

« Il faut que tu ailles au lycée, lui a dit Steffi au moins une centaine de fois. Il faut que tu t'arranges pour que tante Alma et oncle Sigurd te donnent leur accord ! Et tu devrais prendre des cours de chant. Toi qui as une si belle voix. »

Oui, Nelli a une belle voix. Tout le monde le dit. Tante Alma aime bien l'écouter chanter de temps en temps après le dîner et elle l'accompagne souvent sur son petit orgue blanc. Les dames de la paroisse la félicitent pour son talent. Le chef de la chorale du temple la place toujours devant les autres en leur conseillant de l'écouter pour les parties difficiles. À la fête de fin d'année, dans un mois, elle va être soliste. Elle va chanter *À la douce saison d'été*, un psaume qu'elle aime beaucoup.

Mais avoir une belle voix n'est pas d'une grande utilité. C'est juste un petit cadeau qui vient s'ajouter à l'indispensable. Il vaut mieux savoir nettoyer du poisson, réparer les filets de pêche ou faire du pain de seigle.

Il y a quelques années, elle avait même honte de sa voix qui, à ses yeux, constituait une preuve de sa différence, comme ses nattes noires et ses yeux marron. Mais sa honte s'est transformée en fierté lorsque Steffi lui a fait comprendre que c'était un don qu'elle tenait de leur mère qui venait de disparaître. Elle était morte quelques semaines après avoir incarné son dernier rôle d'opéra. Cela s'était passé dans le camp de Theresienstadt où elle avait été déportée.

Mlle Bergström continue de débiter son cours sur Charles XII et sur une vieille guerre entre la Suède et la Norvège.

Nelli capte quelques mots au hasard de ce que dit Mlle Bergström et se fait la réflexion qu'une guerre entre ces deux nations est difficile à imaginer ; à ses yeux, elles ne forment qu'un seul et même pays. De façon générale, il est difficile d'imaginer la Suède en guerre. Mais il est vrai que la prof parle d'une époque lointaine.

– Des milliers de soldats suédois ont succombé aux privations qu'ils ont endurées lors de la longue marche à travers les montagnes, affirme Mlle Bergström avec emphase. La faim, le froid, les maladies leur ont été fatals.

On frappe à la porte.

– Entrez, fait Mlle Bergström agacée.

Elle n'aime pas être interrompue au milieu d'un cours.

Vingt-sept paires d'yeux bleus, gris ou verts et une paire d'yeux marron se tournent vers l'embrasure de la porte où apparaît tante Alma.

– Je n'ai pas pu... dit-elle. Il fallait que je... tout de suite !

– Oui ?

L'irritation de Mlle Bergström cède à la curiosité.

– C'est la paix, annonce tante Alma. Les Allemands ont capitulé. Nelli, mon cœur, c'est enfin la paix !

Les élèves se rassemblent dans la cour de l'école pour hisser le drapeau et Mlle Bergström les autorise ensuite à rentrer chez eux. Les couleurs suédoises flottent partout sur l'île. Devant une maison est même accroché un drapeau norvégien.

Tante Alma invite Sonia et deux autres filles à venir fêter l'événement avec Nelli. Pour l'occasion, elle a fait un gâteau nappé de confiture de mûres qu'elle leur sert avec une crème pâtissière faute de crème fraîche, qui est impossible à trouver.

Il fait étonnamment chaud pour un début de mai. Tante Alma dispose le gâteau et du sirop de prunellier sur la table du jardin autour de laquelle s'installent Nelli, ses amies, tante Alma et ses deux enfants John et Elsa. Tous les sept se régalent en bavardant joyeusement.

– Plus de rationnement ! s'écrie Ulla-Britt.

– Plus de couvre-feu ! renchérit Annie.

– Plus de mines, ajoute tante Alma.

– Tante Alma, tu crois que Steffi est au courant ? demande Nelli.

– Oui, certainement. En ville, ils savent ce qui se passe avant nous. Et ç'a été annoncé à la radio.

– Alors, elle va peut-être revenir chez nous sur l'île, dit Nelli.

La réponse de tante Alma est couverte par le commentaire de Sonia :

– Ma mère va être heureuse d'apprendre la bonne nouvelle, se réjouit-elle. Elle se faisait du souci en voyant mon père et mes frères partir à la pêche.

À la fin de la journée, tante Marta vient prendre le café chez tante Alma. Nelli les écoute parler sans rien dire.

– Tante Marta, avez-vous des nouvelles de Steffi ? finit-elle par demander.

– Non, je suppose qu'elle a à faire un jour comme celui-ci.

Nelli croit déceler un soupçon de déception dans sa voix. Peut-être la même que la sienne.

– Steffi aurait pu passer un coup de fil !

– Et si demain nous allions en ville, propose tante Alma. D'après mademoiselle Holm à la poste, il va y avoir un grand rassemblement pour la paix avec un feu d'artifice et des discours. Et comme John a besoin de nouvelles chaussures… Nous passerons la nuit chez Hilda et ne rentrerons qu'après-demain. À mon avis, les filles pourront manquer l'école.

– Pourquoi pas, dit tante Marta. Ça nous donnera l'occasion de voir Steffi.

Nelli ne fait aucun commentaire. Elle sait très bien que la décision viendra des deux tantes. Inutile d'essayer de les influencer.

Mais pourquoi Steffi ne téléphone-t-elle pas ?

3

Steffi est assise en face de Sven devant une petite table ronde recouverte d'une plaque de verre. C'est dans ce même salon de thé aux fauteuils de velours et aux miroirs dorés qu'ils sont venus il y a plusieurs années. Cette fois-là, elle avait commandé un chocolat chaud avec de la crème chantilly et un mille-feuille recouvert de sucre glace rose. Comme il a dû la trouver gamine !

– Un café sans sucre, s'il vous plaît, dit Steffi.

– Tu ne veux rien d'autre ?

Elle fait non de la tête.

– Ça me ferait plaisir de t'offrir un gâteau pour fêter nos retrouvailles, dit Sven. Il nous en a fallu du temps !

« Il nous en a fallu du temps. » C'est vrai que Sven ne connaissait pas son adresse à Göteborg mais il aurait très facilement pu se renseigner auprès de tante Marta.

– Au moins une petite tarte aux amandes ?

La serveuse en tablier blanc s'impatiente. Le salon de thé est plein à craquer de gens joyeux.

– D'accord.

Sven commande, lui aussi, un café et une tarte aux amandes.

Il n'a pas changé. Steffi fait un rapide calcul de tête. Il doit avoir vingt-trois ans à présent mais il a gardé un air juvénile avec ses yeux enthousiastes et sa mèche de cheveux qui lui tombe sur le front.

Steffi n'est pas très à l'aise. Il faut qu'elle trouve quelque chose à dire, vite, avant qu'il ne la prenne pour une idiote ou une timide incurable.

– Il paraît que tu es étudiant en médecine, commence-t-elle pour le regretter aussitôt.

Il va forcément lui demander comment elle le sait et elle sent clairement qu'Irja n'est pas un bon sujet de conversation.

Mais Sven, visiblement occupé lui aussi à trouver un moyen de rompre le silence, ne l'a pas entendue.

– Je vois que tu portes le béret des futurs bacheliers, constate-t-il. Il ne te reste pas encore un an avant le bac ?

Il a donc, comme elle, évalué le temps qui s'est écoulé depuis leur dernière rencontre.

– Si, mais j'ai sauté la première année du lycée.

Sven manifeste son admiration par un sifflement. Pas très fort mais suffisamment pour que la serveuse l'entende et lui jette un regard désapprobateur. « Vous n'êtes pas dans une vulgaire taverne ici », semble-t-elle dire derrière ses lèvres pincées.

Une taverne. Irja travaillait dans une taverne.

Irja et Sven. Non, ça fait trop mal. Il ne faut plus penser à ça.

– Tu dois être un crack, dit Sven, mais je le savais déjà. Tu as toujours eu des facilités à l'école.

– C'était pour des raisons d'argent, explique Steffi. Le Comité d'accueil était d'accord pour m'aider à financer ma scolarité pendant encore un an, mais il me restait encore trois ans à faire avant de passer le bac, alors il a fallu que j'aille vite. En fait, nous avons convenu d'un compromis : le Comité a accepté de payer mes études pendant encore deux ans et moi de travailler seule le programme de la première année. Si j'ai réussi c'est grâce à Hedvig Björk, ma prof principale.

– Tu vas donc faire médecine à la rentrée. Ça veut dire que nous aurons souvent l'occasion de nous voir.

Steffi coupe distraitement sa tarte. Elle trouve humiliant d'avoir à lui dire que sa vie est régie par le manque d'argent et qu'encore aujourd'hui, elle a besoin de l'aide des autres. Elle a pourtant tort d'avoir honte. S'il n'y avait pas eu les nazis, ses parents auraient payé ses études, comme les parents de Sven. Et si elle avait été originaire d'une famille d'ouvriers comme Maj, elle se serait organisée autrement, sans pour autant se sentir rabaissée. Bien au contraire.

– Je vais devoir attendre quelques années. Il faut d'abord que je travaille pour gagner de l'argent. À moins qu'on m'accorde une bourse dès le départ, mais c'est peu probable.

– Ah, l'argent ! dit Sven. C'est lui qui gouverne la société, à tous les niveaux. Pour ma part, je me suis vendu à la science médicale en échange d'une pension alimentaire mensuelle de la part du seigneur mon père. Je suis incapable de subvenir à mes besoins seul.

Il le dit sur le ton de la plaisanterie mais son amertume est évidente. Steffi note quelques rides autour de sa bouche. Elle a envie d'y passer sa main pour essayer de les effacer. Pour le consoler, pour lui dire qu'il a tort de douter de ses capacités. Mais il faut faire attention. Le terrain est miné. Cela fait si longtemps, et pourtant…

– Tu es très belle, Stéphanie.

Elle n'en croit pas ses oreilles.

Il la regarde de ses yeux gris. Avec insistance. Elle baisse la tête.

– Belle, moi ?

Pourquoi a-t-elle dit ça ? Il doit penser qu'elle fait la coquette, même si ce n'est vraiment pas le cas. Elle sait que les gens trouvent qu'elle a de beaux yeux, mais de là à la trouver belle. Mignonne peut-être. Elle est loin d'être belle, comme l'était sa mère, et comme le sera un jour sa sœur.

Nelli ! Elle doit bien être au courant que la guerre est finie ?!

« Il faut que je lui passe un coup de fil, se dit-elle. À tante Marta aussi. Dès qu'on aura quitté le salon de thé, je leur téléphonerai. »

– On ne te l'a jamais dit ? Déjà quand tu étais petite tu étais jolie, mais maintenant…

« "Quand tu étais petite." Nous y revoilà ! » se dit Steffi. Comment à l'époque a-t-elle pu imaginer une seconde que ses sentiments pourraient être partagés ?

« Tu n'es qu'une enfant... comme une petite sœur », c'est bien comme ça qu'il s'est exprimé cet horrible après-midi il y a quatre ans ?

Quand elle l'a forcé à l'embrasser.

Le souvenir la gêne terriblement.

– Tiens, tu rougis ? Décidément tu n'es pas habituée aux compliments. Bizarre pour une fille aussi jolie.

Il lui fait la cour ? Ce n'est pas possible ! Pas Sven ! Pas à elle. Il change de sujet.

– C'est bien ton amie Maj qui était avec toi à Götaplatsen ? Je ne me trompe pas, c'est bien comme ça qu'elle s'appelle ?

– Ah bon, tu te souviens d'elle ?

Sven sourit.

– Une personnalité comme la sienne ne s'oublie pas. Tu choisis bien tes amies.

– J'habite chez elle. À Sandarna. Sa famille me loge depuis le printemps 1941. Mais il va bientôt falloir que je déménage.

– Pourquoi ?

– Il n'y a pas beaucoup de place chez eux. Ils ont sept enfants et les petits commencent à grandir. Personne ne m'a encore rien dit mais dès que j'aurai du travail, il faudra que je me trouve une location.

– Veux-tu que j'en parle à ma mère ? La chambre de Karine est toujours vide.

Il éclate de rire en voyant sa mine effarée.

– Ne t'inquiète pas, c'était une blague. Moi non plus, je n'habite plus chez mes parents. Le paternel me paie une chambre avec un coin cuisine à Johanneberg.

La conversation prend une tournure plus légère, presque comme avant. Steffi parle de son lycée, des frères et sœurs de Maj, de tante Marta et oncle Evert. Elle évite cependant d'aborder le problème de ses parents.

Sven raconte qu'il essaie de s'arranger pour trouver le temps d'écrire et qu'il envoie ses nouvelles à des journaux, même si, pour l'instant, aucune n'a été publiée. Il lui apprend que ses parents sont devenus de fervents anti-nazis durant les dernières années de la guerre.

– Du moins lors de leurs dîners en ville.

Les dîners. Encore un souvenir douloureux.

– Je suis content d'être parti de la maison, conclut Sven. Il m'était devenu insupportable de vivre dans une ambiance aussi étriquée. Mais maintenant que la guerre est finie, on va enfin être débarrassés de toute cette merde.

Il est redevenu le Sven qu'elle connaît. Ce garçon dont elle est tombée amoureuse. Enthousiaste, brûlant d'envie de révolutionner le monde.

– Comment va Truffe ? demande-t-elle. Tu l'as pris avec toi ou il est resté chez tes parents ?

Le visage de Sven s'assombrit.

– Truffe est mort, dit-il après un moment de silence. Il est mort il y a deux ans. Il est tombé malade et, d'après le vétérinaire, il n'y avait rien à faire. C'était en plein été. J'étais chez des amis à Stockholm. Mes parents n'ont même pas attendu mon retour pour le piquer.

Il y a deux ans. Le même été que maman…

Steffi ne peut plus se contenir, elle fond en larmes.

La serveuse prend un air offusqué quand elle passe devant leur table.

– Tu l'aimais donc tant que ça ?

Elle n'arrive pas à lui expliquer sa réaction.

– Viens, on s'en va, dit Sven.

Ils se lèvent en laissant les deux tartes à peine entamées.

4

Les gens continuent de chanter et danser dans la Grande Avenue. Avec beaucoup de douceur, Sven conduit Steffi le long d'une petite rue de traverse qui mène vers le parc situé en face de l'appartement de ses parents. C'est là qu'ils avaient l'habitude de promener Truffe ensemble.

Ils s'installent sur un banc derrière la lourde bâtisse sombre de l'université. Sven tend un mouchoir à Steffi et met son bras autour d'elle, comme il l'a déjà fait un jour il y a quelques années. Comme un grand frère attentionné. Elle pleure contre son épaule.

– Tu l'aimais donc tant que ça, Truffe ? répète-t-il quand elle a réussi à se calmer.

Il faut qu'elle lui explique pourquoi elle a réagi aussi fort.

– Maman est morte le même été. À Theresienstadt.

– Elle a été… ?

– Non, le typhus.

– Et ton père ?

– Disparu. *Abgereist.* Déporté. Deux mois plus tard.

Sven ne dit rien mais Steffi sait à quoi il pense. Comme elle, il a forcément lu les journaux. Les Alliés ont ouvert les camps de concentration à Ravensbrück, à Buchenwald, à Belsen, et ils ont trouvé des milliers de cadavres et autant de morts vivants. Comme elle, il est au courant de l'évacuation des camps en Pologne, des marches de la mort à travers l'Allemagne, d'un camp à un autre. Il a aussi entendu parler des chambres à gaz à Auschwitz.

Il a peut-être même vu le film qu'elle n'a pas eu le courage d'aller regarder. Ce documentaire russe *La Marche vers Berlin* qui est projeté toutes les heures au cinéma Le Victoria et dont un passage s'intitule « Les usines de morts de Maïdanek ». Elle a trop peur de découvrir son père dans la queue devant la chambre à gaz…

– C'est ignoble, finit-il par dire. C'est inimaginable. Mais au moins c'est fini. Et ça ne se reproduira plus jamais, Stéphanie, tu m'entends, plus jamais !

Elle se mouche une dernière fois. Les chants d'allégresse leur parviennent au loin. Ils reconnaissent la vieille chanson écossaise *Auld Lang Syne.*

– Tu sais, Stéphanie, si je ne t'avais pas rencontrée, je n'aurais probablement rien compris à cette guerre. J'ai toujours été contre le nazisme et je vois bien ce qui est juste et injuste, mais avant de te connaître, tout cela n'était pour moi que des principes, de la théorie. Grâce à toi, j'ai compris qu'il s'agissait d'hommes et que ce qui est arrivé aux Juifs aurait très bien pu m'arriver, à moi et à mes proches. Même si *eux* ne le comprendront jamais. Tu m'as appris tant de choses, Stéphanie.

Steffi ne peut pas s'empêcher de sourire. C'est *elle* qui a appris des choses à Sven ! Pour elle, c'était lui qui détenait le savoir, que ce soit en politique, en littérature, en philosophie ou en histoire !

– Tu te sens mieux ?

Elle opine de la tête.

– Alors, nous allons fêter le Grand Événement. À huit heures j'ai rendez-vous dans un restaurant avec quelques amis et il est déjà moins le quart.

– Non, il faut que je rentre. D'ailleurs je ne peux pas sortir comme ça, j'ai les yeux tout rouges.

– Ce soir, personne n'a le droit de rentrer, rétorque Sven. Tout le monde doit faire la fête. Jusqu'à l'aube. Si tu arrives en retard au lycée demain matin, personne ne te fera de reproches. La guerre est finie ! Allez, refais-toi une beauté. Sors ton poudrier et ton rouge à lèvres.

Steffi éclate de rire. Elle n'a pas l'habitude d'emporter son poudrier au lycée. Vera lui en a offert un pour Noël mais il est resté dans sa commode à Sandarna. Quant à un rouge à lèvres, elle n'en possède même pas.

– De l'eau et du savon, ça suffit largement pour quelqu'un d'aussi joli. Tu n'as qu'à te rafraîchir le visage aux toilettes en arrivant au restaurant.

Impossible de résister à tant d'enthousiasme. Aller au restaurant comme des adultes ! Ça fait des années qu'elle n'a pas mis les pieds dans un restaurant. La dernière fois c'était à Vienne quand ses parents les ont emmenées déjeuner un dimanche, elle et sa sœur.

Nelli. Il faut qu'elle l'appelle.

Elle trouvera sans doute un téléphone là-bas.

Le lieu du rendez-vous est situé dans une rue perpendiculaire à la Grande Avenue, près de Heden. La salle est bruyante et enfumée. Sven, suivi de Steffi, se fraie un chemin à travers la foule vers un groupe de gens joyeux installé autour d'une table. La plupart ont l'âge de Sven, quelques-uns sont plus âgés. Les filles, presque toutes habillées en noir, sont maquillées et ont des coiffures sophistiquées. Certaines tiennent de longs fume-cigarettes entre les doigts.

Steffi se sent comme une petite fille avec son visage sans fard et sa robe à carreaux. Pour essayer de paraître plus âgée, elle accepte une cigarette que lui offre un des jeunes hommes, mais une quinte de toux coupe vite court à sa tentative.

– Une bronchite ? s'inquiète le jeune homme l'air compatissant.

Le sourire ironique d'une jeune fille avec un foulard rouge autour du cou ne lui échappe cependant pas.

Elle regrette d'être venue. La situation est gênante. Sven doit avoir honte d'elle. Il est évident qu'il s'est senti obligé de l'emmener, il ne pouvait pas faire autrement. Il avait promis d'être là à huit heures et n'a pas voulu la laisser seule dans le parc. Il faut vite qu'elle trouve une excuse pour s'en aller.

À sa surprise et un peu malgré elle, elle s'aperçoit que la discussion est intéressante. On parle d'une nouvelle philosophie qui affirme que l'homme est libre de ses choix et responsable de ses actes. On fait référence à un penseur français dont elle ne retient pas le nom. Sa curiosité prend vite le dessus et lui fait oublier ses inquiétudes quant à son apparence. Les conversations de ce genre sont plutôt rares parmi les gens qu'elle fréquente habituellement. Ses camarades de classe ne s'intéressent ni à la philosophie ni à la littérature, ce qui n'a rien d'étonnant pour des élèves qui ont choisi la section scientifique.

Il est vrai qu'elle peut aborder des sujets importants avec Maj, mais tôt ou tard, leur conversation se termine toujours de la même manière : « Les inégalités, la pauvreté, le manque d'information… tout est la faute de la société, soutient Maj. Dès que la guerre sera finie, nous allons la transformer. »

« J'aimerais bien qu'elle ait raison, songe Steffi, et qu'il suffise d'améliorer la société pour se débarrasser du mal. » Mais elle n'est pas certaine que ce soit aussi simple.

Chaque fois que son verre est vide, quelqu'un le remplit de nouveau sans qu'elle s'en aperçoive. Le vin n'est pas franchement bon, mais il lui procure un bien-être précieux.

Quand, pour la troisième fois, elle se dit qu'il faut qu'elle appelle Nelli et tante Marta, il est déjà onze heures. Trop tard pour téléphoner. Sur l'île, on se couche tôt.

Elle a cours le lendemain à huit heures et Sandarna est loin.

– Il faut que je rentre, annonce-t-elle à Sven.

– Je te raccompagne.

En se mettant debout, elle sent qu'elle a la tête qui tourne. Elle fait un faux pas et entend le rire d'une fille derrière elle. Sven lui prend le bras et l'aide à sortir.

– Je vais t'appeler un taxi.

– Non, non, s'oppose Steffi.

Son budget ne lui permet pas ce genre de dépenses.

– Il ne faut pas que tu rentres à pied seule dans cet état, dit Sven. Ne t'inquiète pas. C'est le paternel qui paie.

Il fait signe à un taxi de s'arrêter et lui glisse deux billets dans la main.

– Tu rentres directement chez toi ! Pas de bêtises ! plaisante-t-il.

Puis, il reprend son sérieux.

– Tu vas au rassemblement pour la paix demain soir ? On peut y aller ensemble, si tu veux.

Steffi hésite. Avant de quitter Maj à Götaplatsen pour se rendre au salon de thé avec Sven, elles avaient plus ou moins décidé d'y retourner toutes les deux le lendemain. Mais Maj comprendra. Maj comprend toujours.

– Volontiers, dit Steffi. On se retrouve où ?

Elle s'étonne elle-même du naturel avec lequel elle pose la question. Comme si elle avait l'habitude de donner rendez-vous à des garçons.

– Au restaurant Valand, répond Sven pour aussitôt changer d'avis. Non, il y aura trop de monde. Plutôt dans le parc où nous étions aujourd'hui. À sept heures et quart ?

– D'accord.

Il lui fait un baiser rapide sur la joue. Un baiser

de grand frère. Steffi monte dans le taxi. Sven lui fait un signe de la main en la regardant partir.

Quel luxe, toute seule sur le siège arrière d'une grosse voiture noire !

5

Nelli ne trouve pas le sommeil. Elle se tourne et se retourne dans son lit. De l'autre bout de la chambre lui parvient la respiration tranquille d'Elsa.

On dirait que le vent s'est saisi de ses pensées et qu'il les ballotte au gré de ses caprices. Elles apparaissent comme des vagues sur une mer démontée, s'amplifiant puis disparaissant.

C'est la paix.

Son père viendra-t-il chercher ses filles pour les ramener à Vienne ?

Elle essaye de se remémorer ses traits mais ne revoit qu'une grande silhouette diffuse et un regard vif derrière des lunettes. Sa blouse blanche de médecin. Son odeur particulière quand il rentrait de son cabinet.

Le visage qui se dessine dans son esprit est celui de la photo posée sur la commode entre son lit et celui d'Elsa. Elle ne se souvient plus de ses mains ni de sa voix.

Le souvenir de sa mère est plus distinct. Elle la

revoit le soir dans sa chambre lui chantant des berceuses, assise sur le bord de son lit. Et le matin, venant les réveiller, elle et Steffi, avec un chocolat chaud et un grand sourire aux lèvres.

Ou alors devant sa coiffeuse surmontée d'un miroir à trois faces, se préparant pour un dîner en ville ou pour une soirée au théâtre. Sa belle robe. Son rouge à lèvres. Les effluves de son parfum.

Nelli avait l'habitude de rester à côté d'elle quand elle se maquillait pour s'imprégner de toute cette féminité. La scène qui suivait était toujours la même : avant de partir, sa mère l'embrassait en laissant une grosse marque sur sa petite joue. Il lui fallait d'ailleurs remettre un peu de rouge sur ses lèvres après.

Mais maman est morte et elle ne reviendra pas.

C'est étrange que ce soit seulement depuis sa disparition que Nelli se souvienne d'elle avec autant de netteté. Avant, elle évitait même de penser à elle. Elle lisait ses lettres à contrecœur et elle rechignait à y répondre.

Maintenant qu'elle est morte, sa mère semble plus proche que lorsqu'elle était à Vienne, et encore plus que lorsqu'elle était à cet endroit… Theresienstadt.

Si jamais son père vient les rejoindre, que va-t-il se passer ? Pourront-ils reformer une famille tous les trois ? Steffi est presque adulte, elle va avoir dix-huit ans et pourra bientôt se marier. Dans ce cas, va-t-elle vivre seule avec son père qu'elle connaît à peine ?

Il serait peut-être possible que son père ait sa propre maison sur l'île, ou à Göteborg. Cela permettrait à Nelli de rester chez tante Alma et de lui rendre souvent visite pour qu'il ne se sente pas trop seul.

Si Steffi avait téléphoné, elle aurait au moins pu lui demander son avis. Nelli a passé près de la moitié de sa vie chez tante Alma et oncle Sigurd. Elle se considère comme la grande sœur d'Elsa et John, ou presque. Elle se sent chez elle ici.

Soudain, une idée lui vient qui lui noue l'estomac et lui coupe le souffle : si elle est ici, c'est à cause de la guerre. De la guerre et des nazis. Maintenant que la guerre est finie et que les nazis sont vaincus, pourra-t-elle encore rester en Suède ? Ses parents d'accueil ne voudront peut-être plus d'elle. Elle n'est pas leur enfant, elle n'est pas comme Elsa et John.

Et si son père ne venait pas ? S'il était mort ? Ça fait presque deux ans qu'elle n'a plus aucune nouvelle de lui. Elle a demandé des explications à Steffi qui n'a pas su lui en donner. Elle a répondu de façon bizarre : « Il est en Pologne, je crois. Dans un autre camp. Il n'a pas le droit d'envoyer de lettres, je ne sais pas pourquoi. Ne t'inquiète pas, il va s'en sortir. »

Elle a très bien compris qu'aussi bien Steffi que tante Alma lui cachaient des choses. Ces dernières semaines, tante Alma s'est arrangée pour qu'elle ne puisse pas lire le journal. Il est même arrivé qu'elle éteigne la radio au beau milieu des informations.

Tout le monde la prend pour une gamine. Ils pensent qu'elle n'est pas capable de comprendre.

Nelli sait qu'il s'est passé des choses épouvantables en Allemagne et en Pologne. Si horribles qu'on n'ose pas en parler. Elle a entendu des mots comme « camps de concentration », « marches de la mort ».

On est au mois de mai. La soirée est claire, pourtant Nelli devine des ombres difformes dans les recoins de sa chambre. Elles lui font peur, mais elle est une grande fille à présent, trop grande pour crier sa peur du noir.

Il faut qu'elle pense à autre chose.

Demain après-midi, ils prendront le bateau pour Göteborg. Tante Marta, tante Alma, Elsa, John et elle. Ils iront d'abord acheter des chaussures pour John, ensuite du tissu pour les robes de fin d'année. Tante Alma l'a promis.

Nelli rêve d'un tissu avec des tournesols. L'été dernier, elle a vu une des estivantes porter une robe avec de grandes fleurs jaunes lumineuses sur fond blanc. Elle n'avait jamais rien vu d'aussi beau.

Elle se voit déjà dans sa belle robe fleurie le jour de la fête de fin d'année au temple, placée devant les autres enfants de la chorale. Ses cheveux frisés comme ceux d'un ange, parce que, la veille, elle les a mouillés et a fait plein de petites tresses.

Mais elle est sûre que tante Alma refusera de lui acheter ce genre de tissu. « Trop voyant, dira-t-elle. Prends plutôt celui-ci, il te va beaucoup mieux. »

Elle sait que ce sera un tissu à pois rouges ou à rayures vertes.

Puis arrivera le moment le plus important : le rassemblement pour la paix à Götaplatsen où ils se rendront à sept heures et demie. Il y aura des discours et un feu d'artifice. Steffi y sera certainement. Ils passeront la nuit chez la sœur de tante Alma qui habite à Göteborg. « Nous serons serrés, mais pour une nuit ça ira », a dit tante Alma. D'ailleurs, il n'est pas impossible que Steffi emmène Nelli chez Maj. Elles pourront dormir dans le même lit comme elles le faisaient de temps en temps chez tante Marta avant le déménagement de Steffi.

Nelli aimerait tant que Steffi soit là maintenant. Elle se sent si seule. Elsa dort à poings fermés et n'est pas une bonne compagnie.

Les marches de la mort.

Comment s'est-elle exprimée déjà, Mlle Bergström ? « Des milliers de morts… succombé aux privations endurées lors de la longue marche… La faim, le froid, les maladies leur ont été fatals… »

Mais c'est d'une autre guerre qu'elle parlait, d'une guerre il y a très longtemps.

Un tissu avec des tournesols.

« Demain tout ira mieux », se dit Nelli avant de s'abandonner enfin au sommeil.

6

– Et maintenant, tu vas retourner chez toi ? demande Sonia le lendemain dans la cour de l'école. À Vienne, je veux dire.

Elle a visiblement réfléchi aux conséquences des événements qui viennent de se produire ; son visage est grave et sa voix mal assurée.

– Peut-être, répond Nelli. Je ne sais pas.

– Ne t'en va pas, la supplie Sonia. Je serai triste si tu pars ! De toute façon, tu ne peux pas nous quitter avant la fête de fin d'année. Sinon, on n'aura plus de soliste.

– Non, rassure-toi, je ne partirai pas avant la fin de l'année.

Là, en plein jour, ses appréhensions de la veille semblent si loin. Pourquoi s'en faire pour l'avenir ? Tant de choses agréables l'attendent : le voyage à Göteborg, la fête de fin d'année, les grandes vacances…

Vu l'importance du jour, Mlle Bergström consacre son cours entier à la paix. Elle montre sur la carte la progression des forces alliées de l'est, de l'ouest et du sud. Elle leur parle de la libération de la Pologne, de la Tchécoslovaquie, de la France, de la Hollande, du Danemark, de l'Italie et de l'Autriche. Elle explique comment les villes allemandes sont tombées les unes après les autres : Hanovre, Leipzig, Nuremberg, et pour finir Berlin. Elle leur apprend que Hitler s'est suicidé dans son bunker et, finalement, elle leur lit un extrait du quotidien du jour relatant la capitulation de l'Allemagne.

Les élèves chantent les hymnes nationaux norvégien et danois et confectionnent des drapeaux en papier pour décorer la salle.

– Toi, Nelli, tu veux peut-être dessiner un drapeau autrichien ? propose Mlle Bergström.

Nelli fait non de la tête. Elle ne sait plus à quoi il ressemble.

Après l'école, Nelli rentre aussi vite qu'elle peut. Elle a hâte de descendre au port.

– Calme-toi, lui recommande tante Alma, le bateau ne part qu'à trois heures. Tu as largement le temps de manger une tartine et de faire un brin de toilette.

À trois heures moins dix, ils sont tous en rang d'oignons sur la jetée à attendre le départ. Tante Alma et tante Marta sont chapeautées et en manteau de ville – tante Marta a même enfilé des gants blancs. Nelli et Elsa portent, en l'honneur du jour, des chaussettes qui leur montent jusqu'aux genoux. Un petit nœud papillon se devine dans l'encolure de la chemise de John.

– Oh là là ! glousse le capitaine en les voyant monter à bord. On s'est mis sur son trente et un, à ce que je vois. Je me demande bien quelles mondanités vous attendent en ville. Un dîner chez le préfet peut-être ?

– Non, nous allons au rassemblement pour la paix, répond sèchement tante Marta.

Nelli n'arrive pas à comprendre pourquoi tante Marta ne se permet jamais la moindre plaisanterie. Elle plaint Steffi. Heureusement qu'elle a été accueillie chez tante Alma. L'inverse aurait très bien pu se produire.

Le temps est superbe et les enfants sont autorisés à rester sur le pont alors que les deux femmes préfèrent s'installer dans le salon. Elsa et John courent partout et commentent le paysage à longueur de temps, désireux de partager ce qu'ils voient.

Nelli est trop grande pour ce genre d'enfantillages. Appuyée au bastingage, elle regarde passer les récifs et les îlots.

La première fois qu'elle a fait ce trajet avec Steffi, celle-ci lui a raconté qu'elles partaient pour une île avec des palmiers et des plages de sable fin, des parasols et des marchands de glaces. Au début, Nelli lui en a beaucoup voulu d'avoir dit des mensonges. Plus tard, elle a compris que sa sœur n'en savait pas plus qu'elle sur ce qui les attendait.

Le bateau accoste à Träpiren. Nelli n'est pas venue à Göteborg depuis le mois d'octobre quand tante Alma l'a emmenée acheter un nouveau manteau d'hiver. Elle est toujours aussi intimidée par le bruit et les gens.

Ils prennent le tram jusqu'à Kungsportsplatsen et traversent ensuite la place du marché à pied. Bien qu'il n'y ait pas beaucoup de produits frais à vendre à cette époque de l'année, il y a plein de monde. Des œufs blancs et marron sont présentés dans des paniers posés sur le sol à côté des étals où sont exposées des montagnes de pommes de terre, de carottes, de rutabagas et de navets.

Une vieille dame vend des petits bouquets de muguet.

– On en trouve déjà ? s'étonne tante Alma. Ça sent tellement bon ! Venez voir, les enfants ! C'est combien ? demande-t-elle à la dame.

Nelli et Elsa s'approchent mais tante Marta prend un air pincé. Acheter des fleurs est pour elle un luxe inutile.

– Cinquante centimes, répond la dame.

Le sourire de tante Alma s'éteint aussitôt.

– Tant que ça ? Bon, tant pis ! Je vous remercie quand même.

Ils se rendent au magasin de chaussures situé en sous-sol. John essaie trois paires avant d'en trouver une qui réponde aux exigences de tante Alma. Elle sort l'argent et les tickets de rationnement.

Ensuite c'est le tour des filles. Tante Alma connaît une boutique dans Korsgatan qui vend des coupons et des tissus bon marché.

Dès qu'elle pénètre dans le magasin, les yeux de Nelli tombent sur celui de ses rêves. Il n'y a pas de tournesols dessus, mais il est magnifique avec ses petits boutons de roses jaunes sur fond blanc. Par-ci par-là, les fleurs sont réunies en de petits bouquets.

Tante Alma, elle, va tout droit au rayon des fins de séries et s'arrête devant les tissus à pois. Il y en a plein de différentes couleurs : rouge, bleu, vert, rose.

– Tiens, celui-ci devrait faire l'affaire, dit-elle. Rouge pour Nelli et bleu pour Elsa. À moins que tu préfères le rose, Nelli ?

Si au moins tante Marta n'avait pas été là ! Nelli va avoir du mal à annoncer qu'elle n'aime pas les tissus à pois. Tante Marta va évidemment la traiter d'enfant gâtée. Elle est même capable de le dire suffisamment fort pour que la vendeuse l'entende.

– Je ne sais pas, dit Nelli pour gagner du temps.

Tante Alma attrape le rouleau rose et tient le tissu à côté du visage de Nelli.

– Qu'en pensez-vous ? demande-t-elle en s'adressant à la fois à tante Marta et à la vendeuse.

Tante Marta ôte son gant droit pour tâter la qualité du tissu qui s'avère être à son goût.

– Le rose lui va bien, approuve la vendeuse, et c'est un très bon tissu, à un prix raisonnable. De la viscose. Deux couronnes soixante-quinze le mètre.

– C'est parfait, conclut tante Alma. N'est-ce pas ? Vous êtes d'accord, les filles ?

– Oui, merci, dit Elsa qui adore tout ce qui est bleu.

– Un mètre cinquante de chaque, précise tante Alma.

La vendeuse déroule le tissu bleu et commence à mesurer.

« Il ne faut plus tarder, pense Nelli. C'est maintenant ou jamais. »

– Tante Alma ? se risque-t-elle.

– Oui ?

– Je n'aime pas beaucoup le tissu rose.

– Tu préfères le rouge ?

– Je n'aime pas le rouge non plus.

Tante Marta lui lance un regard désapprobateur.

– Alors, quelle couleur veux-tu ? Du vert ?

– Du jaune, dit Nelli tout bas.

– Du jaune ? Mais il n'y en a pas.

– …Un autre tissu, dit Nelli. Celui qui est là-bas.

Après avoir coupé et plié le tissu bleu d'Elsa, la vendeuse commence à dérouler le rose.

– Un instant, dit tante Alma. Lequel t'intéresse, Nelli ?

– Celui-ci.

– Il fait neuf couronnes le mètre, dit la vendeuse. C'est un satin de coton d'une qualité exceptionnelle.

À ces paroles, toutes les personnes présentes se figent au milieu de leurs mouvements, comme lorsque la princesse se pique au fuseau dans *La Belle au bois dormant* : la vendeuse s'immobilise, le tissu dans une main, le mètre dans l'autre. Tante Marta s'arrête au moment où elle retire à nouveau son gant, Elsa lorsqu'elle s'apprête à dire quelque chose à tante Alma. Seul John, entièrement occupé à faire et à défaire les lacets de ses nouvelles chaussures, ne se rend compte de rien.

– D'accord, je le prends, annonce finalement tante Alma. Le jaune te va décidément bien, ma fille.

La vendeuse emballe les deux morceaux de tissu et tend le paquet à Nelli. Lorsqu'elle quitte la boutique, Nelli entend tante Marta dire à tante Alma :

– Tu as tort de gâter la petite comme ça. Surtout que ta propre fille a dû se contenter du tissu le moins cher.

– Le bleu était à son goût, s'oppose tante Alma, et c'est peut-être la dernière occasion que j'ai de faire une robe à Nelli.

Elle parle tout bas, mais Nelli a très bien entendu.

7

Steffi ose à peine y croire. Hier, elle a passé la soirée entière avec Sven et ses amis et ce soir elle va le revoir ! Elle ne sait pas trop quelle importance donner à ce nouveau rendez-vous.

Maj ne lui en a pas voulu d'avoir préféré la compagnie de Sven à la sienne au rassemblement pour la paix. Du moins, elle n'a rien laissé transparaître. Elle a juste répondu qu'elle irait avec sa famille.

Mais ce matin, sur le chemin entre le tram et le lycée, elle l'a mise en garde :

– Pas de précipitation, Stéphanie. Sois prudente. Tu sais très bien ce que je veux dire…

Maj est la seule à connaître la vérité sur ses sentiments envers Sven. À moins que Sven ait fait part à Irja de cet incident désagréable que Steffi a eu le malheur de provoquer. Mais il y a de ça longtemps maintenant. Pendant les cours, elle a du mal à se concentrer. À plusieurs reprises, Steffi se rend compte qu'elle n'a pas la moindre idée de ce que disent ses profs. Heureusement, la plupart des enseignants, pris par la joie générale, ne s'attendent pas à ce que les élèves soient aussi attentives que d'habitude.

Le soir, lorsqu'elle se prépare, elle décide de ne pas mettre son béret. En revanche, elle se poudre le nez et se mordille les lèvres pour leur donner plus de couleur.

Ils prennent le tram ensemble, elle et toute la famille Karlsson. Mme Karlsson est vêtue d'une robe à fleurs et coiffée d'un petit chapeau qui accentue la largeur de son visage. L'effet en est assez comique. Les garçons se sont mouillé les cheveux et fait une raie sur le côté. Ceux de Ninni, la petite sœur de six ans, sont attachés avec un gros nœud rouge. Britta est très élégante avec sa chevelure permanentée et son tailleur gris clair, bien serré à la taille. Elle vient d'avoir seize ans et est salariée depuis plusieurs années déjà.

Steffi descend un arrêt avant les autres. Elle a prétexté un rendez-vous avec un vieil ami et les parents de Maj n'ont pas cherché à en savoir plus.

Arrivée dans le parc, elle s'aperçoit que le banc est vide. Elle a un peu d'avance, c'est vrai, mais elle ne peut pas s'empêcher d'être déçue. Si Sven avait tenu tant que ça à la voir, il se serait arrangé pour arriver de bonne heure.

Elle s'assied pour l'attendre. L'horloge du temple de Vasa sonne un coup. Sept heures et quart.

Sept heures vingt. Sept heures vingt-cinq. Au moment où Steffi décide de s'en aller pour essayer de retrouver Maj et sa famille, Sven arrive tout essoufflé.

– Mille excuses ! dit-il. Je n'ai pas arrêté de rencontrer des amis. Je n'avançais pas. Tu peux me pardonner ?

Elle lui pardonne. Bien évidemment.

Ils prennent un raccourci pour aller à Götaplatsen où toute la population de Göteborg semble s'être réunie. La place autour de la fontaine est noire de monde et une marée humaine a envahi la Grande Avenue jusqu'à la hauteur du salon de thé où Steffi et Sven étaient hier. Quelques personnes entreprenantes ont même grimpé sur les toits des immeubles.

Sven continue de croiser des gens qu'il connaît. Steffi aperçoit par-ci par-là des amies et des enseignants de son lycée. Elle tombe même nez à nez avec Hedvig Björk et Janice, son amie anglaise, et en profite pour leur présenter Sven.

– Il me semble vous avoir déjà vue dans la crèmerie de mon quartier, dit-il à Mlle Björk. Nous sommes peut-être voisins.

– Peut-être, répond Hedvig Björk. Nous vivons des jours extraordinaires ! ajoute-t-elle. À mon avis, ils seront gravés dans nos mémoires à tout jamais. Mais qu'as-tu fait de ton béret, Stéphanie ?

– J'avais peur de le perdre, ment-elle. Hier, sur le camion, le vent a failli l'emporter.

Les orateurs se succèdent en haut des marches du musée. Un Suédois, un Norvégien, un Danois, un Tchèque. Steffi et Sven les écoutent en silence. Ils sont tellement serrés que leurs épaules se touchent.

« Il pourrait facilement m'entourer de son bras, songe Steffi. Et pas pour me consoler, cette fois. »

La seconde suivante, elle découvre Nelli dans la

foule. Heureusement qu'il ne s'est rien passé ! Sa sœur est suivie de tante Marta, tante Alma, Elsa et John.

– Tiens ! Vous êtes là ?

Nelli jette un regard méfiant à Sven. Elle ne semble pas le reconnaître, contrairement à tante Marta qui lui tend sa main gantée.

– Bonjour Sven, le salue-t-elle.

– Bonjour, madame Jansson, répond Sven poliment.

– Steffi, pourquoi ne m'as-tu pas appelée hier ? demande Nelli.

Steffi sent une pique de mauvaise conscience.

– J'avais l'intention de le faire, mais je suis sortie toute la soirée et je n'ai pas trouvé de téléphone. Tu m'en veux beaucoup ?

– Ça ne fait rien, dit Nelli avec un haussement d'épaules.

Mais sa déception est perceptible. *La responsabilité ! Steffi, n'oublie pas que tu es responsable de Nelli !*

Ils regardent ensemble le feu d'artifice. Le bouquet final a été remplacé par les mots « Vive la liberté, vive la démocratie ! » en lettres de feu sur le ciel sombre. Elles font ressortir les silhouettes noires des gens installés sur les toits.

Steffi avait imaginé qu'elle repartirait avec Sven. Qu'ils feraient une promenade, tous les deux, dans la belle soirée printanière et qu'ils retourneraient s'asseoir sur leur banc.

Mais rien ne se passe comme prévu. Nelli et tante Marta s'emparent d'elle. Elle est heureuse de les retrouver, bien sûr, mais ce soir…

Les gens commencent à se disperser. Nelli et tante Marta ne font pas mine de vouloir s'en aller. Pour finir, c'est Sven qui part.

– Merci pour ce soir, Stéphanie, dit-il. À bientôt.

À bientôt ? Mais quand ? Ils n'ont même pas échangé leurs adresses. Retrouver la famille Karlsson, un nom aussi fréquent à Sandarna, ne sera pas une mince affaire. Et il lui a suffi de voir la tête gênée de Sven, tout à l'heure, pour comprendre qu'il n'osera jamais se renseigner auprès de tante Marta.

Et voilà. Ce n'était donc que ça. Une rencontre fortuite avec une vieille connaissance. Heureux de t'avoir revue. À bientôt. Salut.

– Tu es d'accord ? demande Nelli.

Steffi sursaute.

– D'accord pour faire quoi ?

– Pour que je dorme chez toi ?

– Bien sûr.

Steffi met son bras autour des épaules de sa sœur. Il faut qu'elles restent ensemble. Il faut qu'elles se serrent les coudes.

8

– Non, je n'y étais pas. Pourquoi voulais-tu que j'y sois ?

Judith souligne son propos d'un mouvement de tête qui fait bouger sa chevelure frisée autour de son visage.

– Je ne comprends pas. Que veux-tu dire ?

Steffi se doute de la réponse mais elle ne peut pas s'empêcher de lui demander des explications.

– S'ils font la fête, c'est parce que pour eux tout va rentrer dans l'ordre. Les Danois et les Norvégiens vont retourner chez eux. Les Suédois vont être débarrassés de ces tickets de rationnement qui leur compliquent tant la vie et ils pourront de nouveau acheter du vrai café. Ils n'auront plus besoin d'avoir mauvaise conscience. Alors que pour nous, rien ne redeviendra comme avant. Plus jamais. Alors, dis-moi pourquoi j'aurais dû aller regarder leur feu d'artifice ?

Steffi s'est déjà fait la même réflexion, et pourtant…

– Comment peut-on être heureux quand des millions de gens sont morts ? poursuit Judith. Tu peux me le dire ?

– Mais si la guerre avait continué, il y en aurait eu encore plus, rétorque Steffi. Et si les Allemands avaient gagné, ils auraient assassiné tous les Juifs d'Europe !

– Je suis bien évidemment contente que ce soit terminé, mais je ne peux pas être heureuse.

Faute de chaises, elles sont assises sur le lit de la petite chambre que loue Judith. Ses meubles se réduisent à une commode, une armoire et une table de chevet. Judith a quitté l'orphelinat juif et loge maintenant chez une veuve à Eklandagatan, Mme Odelberg. La chambre a un accès direct à la cage d'escalier, si bien que Steffi n'a encore jamais eu l'occasion de rencontrer la vieille dame mais elle entend ses pas traînants derrière la porte.

– Elle est un peu bizarre, fait remarquer Judith. Elle passe son temps à épousseter ses bibelots. Mais le loyer n'est pas élevé et, comme elle est dure d'oreille, elle ne me reproche jamais de faire du bruit ni de rentrer tard. Et je peux utiliser sa cuisine autant que je veux, même si, en général, je prends mes repas au travail.

Judith a toujours son emploi à la chocolaterie. Elle met presque tout son salaire de côté pour pouvoir partir en Palestine dès que possible. Elle a fait une demande de permis de séjour auprès de l'ambassade d'Angleterre. Ce sont les Anglais qui règlent le flux de l'immigration dans ce pays. Il est question de quotas et de certificats, explique Judith à Steffi.

Elle ne sait pas combien de temps elle devra attendre, mais elle espère que la présence de ses deux frères, qui se sont installés là-bas avant la guerre, donnera plus de poids à sa demande.

– De toute façon, il est encore trop tôt pour partir, explique-t-elle. Il faut d'abord que je sache où sont mes parents et Édith... s'ils sont encore en vie.

Édith est sa grande sœur. Elle avait seize ans quand Judith a été envoyée en Suède, trop âgée pour être acceptée parmi les enfants mis à l'abri à l'étranger.

– Tu savais qu'on peut obtenir des renseignements sur les disparus auprès de la Communauté juive ? dit Judith. Ou de la Croix-Rouge ?

Non, Steffi n'est pas au courant.

– On remplit un formulaire avec des indications sur les personnes que l'on recherche et ce formulaire est ensuite retransmis à des instances et aux différents camps de rassemblement en Allemagne. Je vais à leur bureau demain. Tu veux venir avec moi ? Tu pourrais demander des renseignements sur ton père.

Cela paraît si simple, si bien organisé. Steffi se met à espérer. Il suffirait donc de remplir une fiche pour qu'on vous donne une réponse ?

– Oh oui, je viens avec toi.

Il n'y a plus d'air dans la petite chambre. Judith ouvre la fenêtre et s'installe sur le rebord avec une cigarette. Elle fait des ronds de fumée qu'elle envoie vers l'obscurité de la cour.

Steffi et Judith se voient souvent. Aucune des deux n'ayant envie de gaspiller son argent au salon de thé ou au cinéma, elles se retrouvent généralement chez Judith. C'est elle et Maj que Steffi considère comme ses vraies amies. Il y a plusieurs filles de sa classe qu'elle a du plaisir à voir pendant la récré ou après le lycée pour faire les devoirs, mais aucune d'entre elles n'est vraiment ce qu'on peut appeler une amie. Vera a rarement un moment à lui consacrer. Son garçon a dix-huit mois, à peine, et elle est de nouveau enceinte.

Steffi a du mal à comprendre ce que fait Vera de ses journées quand Rikard est au bureau. Le ménage dans leur petit studio doit être vite fait et il serait étonnant que les soins d'un enfant demandent autant de temps. Pourtant, Vera se plaint d'être débordée. Elle ne peut même pas s'asseoir pour boire une tasse de café, dit-elle.

Des rides d'amertume se sont formées autour de sa bouche et ses cheveux roux ont perdu de leur éclat. Mais quand Steffi la voit jouer avec son petit Glenn, elle retrouve la Vera joyeuse et imaginative qu'elle connaît si bien.

Judith écrase sa cigarette et descend de la fenêtre.

– Si tu veux, je peux te trouver du travail à la chocolaterie, propose-t-elle. Ils embauchent dès juin. Je suppose que tu auras envie de travailler dès la fin du lycée ?

Steffi opine de la tête. Plus vite elle gagnera de l'argent, plus vite elle pourra commencer ses études.

– Mais j'espère trouver un emploi dans un laboratoire, dit-elle. Hedvig Björk connaît quelqu'un à l'hôpital Sahlgrenska qui pourrait appuyer ma candidature.

– C'est bien payé ?

Steffi l'ignore. Pour commencer, elle aura probablement un petit salaire de stagiaire. La chocolaterie de Judith lui rapporterait sans doute plus, mais dans un labo elle espère apprendre des choses qui lui serviront plus tard, quand elle sera étudiante en médecine. Un autre avantage est que ce stage lui permettra peut-être d'accéder à un métier dans un domaine qui l'intéresse, si jamais elle ne peut pas poursuivre ses études. Mais c'est une éventualité à laquelle elle préfère ne pas penser.

Steffi lit dans le regard de Judith : « Toi, la fille d'un médecin des quartiers chic, tu te trouves trop bien pour travailler à l'usine. »

À Vienne, l'avenue large, bordée d'arbres, où vivait Steffi n'était pas loin de la ruelle étroite aux façades vétustes de la famille de Judith. Elles viennent de la même ville mais pas du même monde.

Le lendemain, elles se rendent ensemble au bureau de la Communauté juive. Une dame aimable note les renseignements que les filles lui donnent et remplit différents formulaires à l'aide de sa machine à écrire. Elle fait de nombreuses copies. Nom de famille : *Steiner.* Prénom : *Anton.* Date et lieu de naissance. Nationalité et adresse avant la guerre.

– Quand as-tu eu de ses nouvelles pour la dernière fois ? demande la dame.

– En juillet 1943. Quand ma mère est morte à Theresienstadt.

La dame lève rapidement les yeux et fait un signe de tête compatissant avant de se remettre au travail.

– Puis il a été déporté ?

– Oui.

– Tu sais où ?

– Non. C'était juste écrit *abgereist* sur l'enveloppe qui m'est revenue.

La dame soupire et ajoute quelque chose sur le formulaire. Elle demande ensuite à Steffi de laisser son nom, son adresse et son lien de parenté avec la personne qu'elle recherche.

– Mais ne te fais pas trop d'illusions, lui recommande-t-elle. Et surtout, sois patiente. La réponse peut demander beaucoup de temps. Il y a des milliers de personnes dans les différents camps de rassemblement. Le courrier marche mal. Rien ne fonctionne normalement. Mais dès que nous aurons des nouvelles, nous te préviendrons.

Elle s'adresse ensuite à Judith et remplit trois formulaires, un pour chacun des membres de sa famille.

– Il ne suffit pas d'un seul ? Ils portent tous le même nom.

– Ils peuvent très bien se trouver dans des camps différents, explique la dame. Il est bien précisé « Une fiche par personne » sur chaque feuille. Si vous souhaitez assister à la messe de commémoration des victimes des camps, vous êtes les bienvenues, dit-elle une fois les fiches remplies.

Elle leur tend un papier avec la date et l'heure.

Steffi est découragée. Autant chercher une aiguille dans une botte de foin.

– Qu'en penses-tu ? demande-t-elle à Judith quand elles sont de nouveau dans la rue.

– On verra bien. Ils font ce qu'ils peuvent.

Pour mettre plus de chances de leur côté, elles décident de s'adresser également au bureau de la Croix-Rouge.

9

Deux semaines avant les oraux, les élèves de terminale reçoivent leur convocation. Steffi sera interrogée en maths, en chimie, en biologie et en anglais. La période du bachotage commence.

Tante Marta met la touche finale à la robe blanche que Steffi va porter le jour de l'examen. Il ne manque plus que la veste et les chaussures. Et la casquette traditionnelle. Heureusement que Steffi a gardé un peu de l'argent qu'elle avait gagné à Noël lorsqu'elle travaillait au tri postal avec Maj.

Steffi se rend au magasin avec son tour de tête marqué sur un bout de papier. Maj l'a aidée à prendre les mesures pour lui éviter d'avoir à essayer la fameuse casquette. La poser sur la tête avant d'avoir passé l'examen porte malheur ! Steffi trouve aussi une jolie veste à un prix raisonnable et une paire d'escarpins blancs à petits talons.

La préparation des oraux représente un gros travail. Steffi passe son temps enfermée dans sa chambre à revoir ses cours et ses notes, barbouillées de formules mathématiques et chimiques. Pour elle, il n'est pas question de profiter des belles soirées printanières. Mme Karlsson a donné l'ordre aux enfants de jouer dehors pour ne pas la déranger.

Les maths, sa matière préférée, ne l'inquiètent pas. Elle a parfaitement réussi son examen écrit. L'anglais et la biologie ne devraient pas poser de problèmes non plus.

Mais la chimie…

– Ne t'en fais pas, la rassure Maj. Tu n'as tout de même pas oublié que tu avais eu 18 sur 20 le semestre dernier, et si jamais tu te retrouvais avec un 16, ça ne serait pas la fin du monde ! Surtout compte tenu des excellentes notes que tu auras dans les autres matières !

Steffi ne peut pas s'empêcher d'avoir le trac. La nuit avant les oraux, elle se lève pour vérifier une formule.

Maj ouvre un œil ensommeillé et se met à râler quand Steffi allume la lampe du bureau :

– Encore heureux qu'on ne passe pas le bac le même jour ! Imagine un peu la circulation qu'il y aurait dans cette chambre si j'avais des choses à vérifier, moi aussi.

– Comme tu es jolie ! s'exclame la mère de Maj le lendemain matin en voyant Steffi habillée de sa robe blanche et de sa nouvelle veste.

Aujourd'hui, elle porte le béret bleu pour la dernière fois en attendant le grand moment où elle pourra le remplacer par la casquette, encore dans le fond de son cartable. Autour du cou, elle a accro ché sa petite chaîne en argent avec le porte-bonheur que Sven lui a offert à Noël il y a plusieurs années. Lorsqu'elles se séparent dans la cour du lycée, Maj croise ses doigts.

– M… ! et à cet après-midi ! Tu vas leur en mettre plein la vue aux examinateurs !

À neuf heures, trente filles, toutes de blanc vêtues, se retrouvent dans la salle de classe. Elles sont regroupées selon les matières qu'elles ont préparées. Les interrogations seront conduites par leurs enseignants en présence d'un inspecteur de la Direction nationale de l'éducation dont le rôle est de garantir le bon déroulement des épreuves.

Selon ses prévisions, l'oral de maths se déroule sans encombre. Steffi doit faire la démonstration du théorème des demi-lunes d'Hippocrate. Elle la connaît par cœur. L'inspecteur opine de la tête en l'écoutant et son enseignant, le professeur Strömberg, paraît satisfait. En biologie, elle ne rencontre pas de difficultés majeures. Elle a juste oublié le nom latin d'une plante.

À la pause du déjeuner, plusieurs filles sont invitées au restaurant par leurs parents ; d'autres vont au café alors que Steffi doit se contenter du sandwich qu'elle a apporté.

L'oral de chimie se passe mieux qu'elle n'avait osé l'espérer. C'est encore le professeur Strömberg qui l'interroge et elle s'en sort à merveille.

– Je vous remercie, conclut-il. En ce qui me concerne, je vais m'arrêter là.

Tandis que Steffi pousse un soupir de soulagement, l'inspecteur se penche en avant, le menton appuyé dans ses mains.

– Je souhaiterais poser une question à mademoiselle Steiner, si vous le permettez, dit-il. Mademoiselle, pouvez-vous m'expliquer la théorie de Rutherfords et Soddys sur la radioactivité et la désintégration du noyau de l'atome ?

Steffi a des sueurs froides. Des lettres et des signes se mettent à tourner dans sa tête.

– M'autorisez-vous à utiliser le tableau, monsieur ?

Cela lui donne un petit temps pour réfléchir.

– Je vous en prie, mademoiselle.

Tout en se dirigeant vers le tableau noir, elle cherche désespérément à mettre de l'ordre dans ses idées. Elle saisit la craie et soudain, la démonstration lui paraît claire. Elle commence à écrire, avec calme et application.

Lorsqu'elle se retourne, le regard du professeur Strömberg lui annonce que son raisonnement est correct.

– Excellent, dit l'inspecteur. Les bons élèves doivent accepter qu'on les soumette à des épreuves un peu plus compliquées.

L'anglais, la dernière épreuve qu'elle a à passer, va tout seul.

À deux heures, toutes les filles se réunissent de nouveau.

– Comment ça s'est passé pour toi ?

– Il était horriiiiible, l'inspecteur à la cravate rouge !

– Mais Strömberg était plutôt sympa pour une fois, vous ne trouvez pas ?

Le silence s'installe petit à petit. Quelques filles

arpentent nerveusement la salle, d'autres restent recroquevillées sur elles-mêmes. Margit, la plus belle de la classe, ronge ses ongles manucurés.

Steffi regarde par la fenêtre et voit que la cour commence à se remplir de gens, les bras chargés de fleurs et de cadeaux. Dans la rue, elle voit des chars fleuris.

L'attente est longue. C'est mauvais signe.

À trois heures et demie, la porte s'ouvre enfin et leur responsable de classe, le professeur Sandgren, apparaît sur le seuil.

– Margit, dit-elle, je peux vous voir un instant ?

Elle emmène Margit, en larmes, dans le couloir.

– Quant à vous, vous êtes toutes reçues, annonce-t-elle à son retour quelques minutes plus tard. Dans dix minutes, vous allez pouvoir descendre. Vous aurez vos diplômes devant la grande entrée.

Les filles s'engouffrent dans le couloir et se précipitent vers la porte pour enfin retrouver leur famille et les amis qui les attendent dans la cour du lycée. Les responsables de classe leur donnent les diplômes, mais les nouvelles bachelières ne prennent pas le temps de vérifier leurs notes. Toutes ensemble, elles coiffent leur casquette blanche et entonnent la chanson des bacheliers. Steffi cherche Margit du regard, sans la trouver. Elle a dû sortir par une autre porte. Ça doit être terrible pour elle.

Toutes les personnes qui comptent pour Steffi sont là : tante Marta, oncle Evert, Nelli, tante Alma, Maj et sa famille, Hedvig Björk, Janice, quelques-unes de ses amies du premier cycle du lycée et même Vera, qui a fait garder son enfant. Seule Judith manque. Elle n'a pas eu l'autorisation de s'absenter de la chocolaterie. Steffi croule littéralement sous les fleurs qu'on lui accroche autour du cou. Hedvig Björk lui offre une canne d'étudiant avec un pommeau en argent.

Elle ne voit pas Sven immédiatement. Il se tient à l'écart, à quelques mètres du groupe qui s'est formé autour d'elle. Quand elle l'aperçoit, elle lui adresse un sourire et il s'approche.

– Félicitations, dit-il en lui accrochant un bouquet de roses rouges autour du cou. Tu ne pensais tout de même pas que j'allais t'oublier ?

Tout le monde chante la chanson des bacheliers encore et encore. Les filles qui ont la chance de rentrer chez elles en chars fleuris quittent la cour du lycée.

À l'initiative de Sven, des bras solides s'emparent de Steffi et la lancent en l'air sous des cris d'allégresse. Elle est encore tout étourdie quand oncle Evert et le père de Maj la portent en triomphe jusqu'à l'arrêt du tram.

Mme Karlsson invite tout le monde à prendre le café et des gâteaux à Sandarna. Ce n'est que tard dans l'après-midi que Steffi trouve un petit moment pour regarder ses notes. Mathématiques : Très bien. Biologie : Très bien. Chimie : Très bien. Elle n'a que des TB ou des B. C'est mieux qu'elle ne l'avait espéré.

Quand, en fin de journée, les insulaires prennent congé pour ne pas rater le dernier bateau, Steffi se reproche de ne pas leur avoir consacré plus de temps. Surtout à oncle Evert qu'elle n'a pas vu depuis sa dernière visite sur l'île en avril. Elle compte passer une semaine avec lui et tante Marta avant de commencer son travail au laboratoire.

– J'espère que tu viendras m'écouter chanter à la fête de fin d'année, s'inquiète Nelli.

– Je te le promets. J'irai te voir dès que je pourrai. Peut-être déjà après-demain.

Dans la soirée, Maj et Sven accompagnent Steffi chez une de ses amies de classe qui a invité beaucoup de monde dans sa grande maison. Plus tard dans la soirée, la fête continue chez une autre amie, puis chez une troisième qui, elle, a organisé un bal.

Sven invite Steffi à danser. La vie est merveilleuse. Quand ils se séparent, le jour se lève déjà.

– Je t'appelle, dit-il.

– Tu ne peux pas m'appeler parce que Maj n'a pas le téléphone. De toute façon, je pars passer quelques jours sur l'île.

– Dans ce cas, c'est toi qui m'appelleras. Dès ton retour. Tiens, voilà mon numéro.

– D'accord. Alors, à bientôt.

10

– Il va falloir ajuster un peu les côtés pour marquer la poitrine, dit tante Alma, des épingles entre les dents. Tu as tellement grandi, je n'en reviens pas ! Quand je pense que tu n'as pas encore treize ans !

Nelli rougit. Elle est la première de la classe à avoir des seins et elle fait ce qu'elle peut pour les cacher. Encore une différence entre elle et les autres filles.

– Il ne suffirait pas de faire le haut un peu plus large ?

– Juste deux petits plis, un de chaque côté, explique tante Alma. Ce n'est pas bien compliqué. Ça sera très joli, tu verras.

Nelli passe sa main sur le beau tissu fleuri. Elle ne se lasse pas de le regarder. Elle doit être affreusement superficielle pour accorder autant d'importance à une robe alors qu'il y a des gens qui ont faim et froid. Même des enfants de son âge. Eux ne se permettraient pas tant d'exigence.

Et pourtant, cette robe la console et l'aide à tenir

tête à l'inquiétude qui la ronge. Elle aurait voulu partager ses angoisses avec Steffi, mais elle n'a pas trouvé l'occasion de lui parler. Même pas quand elle a dormi chez elle, après le rassemblement pour la paix. Elle avait oublié que Steffi occupait la même chambre que Maj et deux de ses sœurs.

Ce n'est pas la présence de Maj qui l'en a empêchée. Nelli l'aime bien, elle a de si gentils yeux. C'est plutôt celle de Britta avec ses cheveux permanentés et de Gunnel qui semble prendre Steffi pour *sa* grande sœur… Non, Nelli n'a pas pu apaiser ses angoisses auprès de Steffi. Et le jour de son bac, ce n'était pas le moment.

Nelli a un projet. Dans un an, quand elle aura terminé ses cours de travaux ménagers, elle aura quatorze ans et elle pourra s'engager comme employée de maison. Elle aimerait surtout garder des enfants, mais elle acceptera aussi de faire la vaisselle, du repassage et un peu de cuisine en contrepartie d'une chambre, de nourriture et d'un petit salaire. Elle pourra ainsi aider Steffi à payer ses études de médecine.

Nelli est heureuse de pouvoir enfin quitter l'école. Elle a du mal à comprendre que Steffi ait envie de se lancer dans une formation aussi longue. N'empêche que ce serait assez amusant de prendre des cours de chant…

– Ne bouge pas, ma chérie ! s'écrie tante Alma. Tu veux que je te pique ?

Lorsqu'elle épingle les plis de la poitrine, Nelli cesse de respirer pour dissimuler ses seins.

– Arrête de faire ça, ordonne tante Alma. Il faut

que tu sois à l'aise dans la robe, sinon comment vas-tu faire pour chanter ?

Tante Alma continue de coudre tout l'après-midi. Il fait chaud et elle transpire devant sa machine. Ses cheveux blonds frisent autour de son visage. Nelli cherche à se rendre utile comme elle peut : elle faufile, repasse les coutures et retourne la ceinture à l'aide d'une épingle à nourrice. En fin de journée, le haut est terminé, la jupe est froncée et montée. Il ne reste plus que quelques coutures à faire.

– Ça attendra demain, dit tante Alma. À présent, il va falloir que je m'occupe du dîner.

Oncle Sigurd a passé la journée à réparer le moteur de l'*Elisabeth*, le bateau de pêche qui s'appelait avant le *Diana*. De tout l'équipage, c'est lui qui s'y connaît le mieux en mécanique. Lorsqu'il revient le soir, ses mains et son bleu de travail sont pleins de cambouis. Tante Alma met de l'eau à chauffer et installe un rideau dans un coin de la cuisine pour lui permettre de faire sa toilette tranquillement.

Une fois la vaisselle et les devoirs terminés, Nelli et Elsa montent se coucher. Elsa s'est déjà glissée dans son lit quand Nelli est prise d'une envie irrésistible de lui montrer sa robe.

– Ne t'endors pas encore, je reviens tout de suite, dit-elle avant de descendre l'escalier sur la pointe des pieds.

Soudain, elle entend les voix de tante Alma et oncle Sigurd. Celle de tante Alma est trop sourde pour qu'elle arrive à discerner les mots.

Au moment où elle s'apprête à poser le pied sur

l'avant-dernière marche, celle qui grince, elle entend très distinctement oncle Sigurd affirmer :

– Tu sais bien que c'est pour toi que je l'ai acceptée chez nous. Si tu avais pu décider, on les aurait eues toutes les deux sur le dos.

Nelli s'arrête, tétanisée. Elle tend l'oreille pour entendre la réponse de tante Alma, mais en vain.

Elle descend la dernière marche, en évitant celle qui grince, et s'approche tout doucement de leur chambre pour coller son oreille à la porte fermée.

– Elle me sera d'une grande aide quand elle n'ira plus à l'école, dit tante Alma. Et elle nous a déjà apporté beaucoup de joie.

– Et beaucoup de soucis, ajoute oncle Sigurd. Et crois-moi, ça ne va pas s'arranger avec le temps. On ne connaît pas ses antécédents. Et avec le physique qu'elle a… tu vois un peu si un jour elle nous ramène un gosse !

– Tu racontes des sottises, répond tante Alma. Nelli est une gentille petite. Tu ne t'es jamais donné la peine de la connaître, c'est ça le problème.

– As-tu parlé avec les dames qui payent pour elle ? Maintenant que la guerre est finie, j'imagine qu'on ne va plus rien toucher. Deux enfants à nourrir, c'est largement suffisant, Alma. Nous n'avons pas les moyens d'en élever plus. Quand je vois les dépenses que tu fais pour elle ! Cette robe, elle a coûté combien ?

– Le prix était raisonnable.

– Combien ?

– Je voulais lui offrir quelque chose de beau. Tu sais bien qu'elle va chanter au temple. Ce sera un souvenir pour la vie, pour nous tous.

– Alma, dit oncle Sigurd, tu t'es déjà dit que son père était probablement mort ? Tu trouves vraiment que c'est à nous de nous occuper d'elle jusqu'à ce qu'elle vole de ses propres ailes ? Et cela gratuitement ?

Ils se taisent. Puis tante Alma ajoute, si bas que Nelli l'entend à peine :

– Je ne pense qu'à ça. Et s'il n'est pas mort… comment va-t-il réagir quand il apprendra qu'elle a été baptisée et qu'elle a pratiquement oublié sa langue ?

Elle s'arrête un instant avant d'ajouter :

– Ne pourrions-nous pas la garder au moins jusqu'à la fin de l'été ?

– Jusqu'à la fin de l'été, d'accord, conclut oncle Sigurd. Mais si, d'ici là, son père n'a pas donné signe de vie, tu téléphoneras au Comité d'accueil pour savoir ce qui est prévu pour elle. Il y a un orphelinat, il me semble.

– Oui.

– Très bien.

Nelli entend oncle Sigurd s'approcher de la porte. Rapide comme l'éclair, elle se retire dans la cuisine et se glisse derrière le rideau du coin toilette. Oncle Sigurd va boire un verre d'eau et sort ensuite sur le perron. Elle en profite pour regagner sa chambre.

L'attente a été trop longue pour Elsa qui s'est endormie. Nelli se couche, mais elle ne trouve pas le sommeil. Elle reste les yeux grands ouverts jusque tard dans la nuit.

Ils ne veulent plus d'elle. Tante Alma ne veut plus d'elle.

11

Un souvenir pour la vie. Pour tout le monde.

Dans dix ans, tante Alma se tournera peut-être vers tante Marta, ou vers Elsa, et lui dira :

« Tu te souviens de Nelli ? Tu te souviens comme elle avait bien chanté au temple ? Et comme elle était belle dans la robe à fleurs jaunes que je lui avais faite ? »

C'est ça, « un souvenir pour la vie », selon tante Alma ?

Ou alors, c'est Nelli qui dira à Steffi :

« Elle était gentille, tante Alma. Tu te souviens de la belle robe qu'elle m'avait confectionnée pour la fête de fin d'année ? Celle avec des roses jaunes. »

Tante Alma rêve !

Il n'y aura pas de souvenir pour la vie.

Tout simplement parce qu'elle ne va pas chanter au temple.

Nelli sait qu'elle n'a pas le courage de l'annoncer à Mlle Bergström. Il faut qu'elle s'arrange pour que ce soit impossible. Ce qui se révélera finalement très facile.

Lors du dernier cours de maths, Mlle Bergström lui demande de faire une division au tableau. Pendant que la prof est occupée à vérifier son travail, Nelli glisse rapidement un bout de craie dans la poche de sa jupe.

Il est tout petit et Nelli envisage de demander à Sonia d'en prendre un autre, quand ce sera à elle de monter au tableau. Mais elle y renonce. Il vaut mieux que personne ne soit au courant. Même pas Sonia.

Ça devrait suffire. Comment s'y prend-on pour avaler une craie ? Nelli sait que plusieurs garçons de la classe l'ont déjà fait pour ne pas aller à l'école. Notamment Sture. En entendant leur voix rauque, leurs mères les ont crus enrhumés et les ont gardés à la maison.

Il y a juste à mâcher et à avaler ? Quand elle pense au crissement de la craie entre ses dents, elle a des frissons. Brrr !

Elle décide de l'écraser et de manger la poudre à la cuillère. Si elle l'avale le matin, elle devrait croasser comme un corbeau le restant de la journée.

Steffi arrive sur l'île dans l'après-midi. Elle s'arrête un moment chez tante Alma avant de continuer son chemin jusqu'à la maison blanche. Elle admire la robe de Nelli, mais quand elle lui demande de l'enfiler, elle essuie un refus catégorique.

– Mais pourquoi ? Tu ne veux pas montrer à ta sœur comme elle te va bien ? s'étonne tante Alma.

– Elle la verra demain, bougonne Nelli.

– Ma sœur est sans doute aussi superstitieuse que moi pour la casquette des bacheliers, dit Steffi. Il ne faut pas devancer les grands événements. Je suis tellement contente de pouvoir enfin l'entendre chanter.

Nelli a un peu mauvaise conscience en pensant à la déception de Steffi.

Mais tant pis pour elle. Après tout, elle a bien oublié de l'appeler le jour de la paix. Et en plus, le lendemain à Götaplatsen, elle n'avait d'yeux que pour ce Sven.

Après le départ de Steffi, Nelli met la craie dans une pochette en papier et l'écrase soigneusement avec une pierre. Elle va ensuite chercher une cuillère dans la cuisine.

Pour ne pas éveiller les soupçons de tante Alma, elle tresse ses cheveux et les mouille avant d'aller se coucher. Il est important de lui donner l'impression qu'elle se fait belle pour chanter.

Le lendemain, elle se réveille en sursaut. Il fait déjà jour mais la maison est silencieuse. Elle doit agir vite tant que tante Alma dort encore.

Elle prend la pochette et la cuillère et se rend dans la salle d'eau. La poudre n'a pas de goût, mais la consistance est affreuse. Beurk, c'est horrible ! La craie colle au palais et dessèche la bouche. Elle est obligée de s'y reprendre à plusieurs fois pour l'avaler.

Elle a le temps de se recoucher et retourne dans sa chambre.

– J'avais besoin de faire pipi, explique-t-elle à Elsa qui l'entend revenir.

Sa langue est encore pâteuse et elle a du mal à articuler.

– Je ne me sens pas très bien, ajoute-t-elle. J'espère que je ne vais pas être malade.

Elle range discrètement la pochette et la cuillère dans la poche de sa jupe.

Elsa murmure quelque chose d'inaudible puis se rendort.

Nelli est assaillie par les regrets. Elle s'était fait une telle joie de chanter mais ce qui est fait est fait. Il est trop tard pour changer d'avis.

Lorsque tante Alma vient les réveiller, Elsa saute du lit alors que Nelli ne bouge pas.

–Tante Alma… gémit-elle, je crois que je suis malade. J'ai très mal à la gorge.

– C'est vrai que tu as la voix bien enrouée. Ouvre la bouche que je regarde ta gorge.

Nelli fait ce qu'elle lui demande.

– C'est peut-être un peu enflé. As-tu mal ailleurs ?

– Non, seulement à la gorge.

Tante Alma pose sa main sur le front de Nelli.

– Je ne pense pas que tu aies de la fièvre. Mais comment vas-tu faire pour chanter ?

Nelli n'a plus besoin de faire semblant, ses larmes se mettent à couler sans qu'elle fasse aucun effort.

– Oh, tante Alma, j'étais tellement heureuse de chanter au temple !

– Ma pauvre petite. Ce n'est vraiment pas de chance. Je vais te préparer du lait chaud avec du miel, ça te soulagera.

Nelli vide la tasse que tante Alma lui apporte. Ça lui réchauffe la gorge mais sans lui éclaircir la voix.

– Je pense que tu pourras quand même aller à la fête de l'école, dit tante Alma. Je vais t'aider à te préparer.

Quand un de ses enfants est souffrant, tante Alma est encore plus gentille que d'habitude. Elle défait les tresses de Nelli, lui brosse les cheveux et les attache avec un nœud jaune. Elle l'aide ensuite à enfiler sa robe et lui ferme les petits boutons dans le dos.

Nelli se laisse faire sans arrêter de pleurer.

12

Steffi arrive au temple à la dernière minute. Elle se glisse sur un des bancs inconfortables où elle a repéré une place libre. Elle jette un regard autour d'elle et aperçoit tante Alma deux rangées plus loin, près de l'allée centrale.

Les enfants font leur entrée, classe par classe. Les plus jeunes d'abord. John a l'air très digne. Son nœud papillon est de travers et tante Alma essaie de l'arranger quand il passe devant elle. Arrive ensuite Elsa avec les élèves de son âge, et pour finir, les grands de la sixième.

« Comme elle ressemble à maman », pense Steffi en voyant Nelli. Son visage s'est affiné, ses traits sont plus marqués et sa nouvelle coiffure la fait paraître plus âgée. Dans sa belle robe et la tête auréolée par ses cheveux frisés, Nelli a tout d'un ange. Et cet ange va bientôt enchanter l'assistance de sa voix céleste.

Le principal fait son discours, aussi long et ennuyeux que d'habitude, même si le ton est plus optimiste depuis que la guerre est finie. Il procède ensuite à la distribution des prix pour les meilleurs élèves, dont Nelli ne fait pas partie.

« Du moment qu'elle a d'autres dons, ce n'est pas grave », se dit Steffi. Elle regarde sa petite sœur avec fierté. Elle va bientôt chanter ! D'abord seule, puis tout le monde va la rejoindre pour le psaume qui clôturera la cérémonie.

Le dernier élève reçoit son prix, s'incline et remercie le principal qui annonce :

– Et maintenant, tous ensemble nous allons chanter *À la douce saison d'été*.

Que se passe-t-il ? Où est passé le solo de Nelli ? Steffi n'y comprend rien. Elle regarde sa sœur qui ne semble pas étonnée. Seulement triste.

Steffi cherche désespérément à capter le regard de tante Alma lorsque tout le monde se lève.

« À la douce saison d'été, lorsque la nature s'épanouit… »

Muette, le regard fixe, l'air grave, Nelli se met debout, elle aussi.

« La personne qui a décidé de changer le programme aura à s'expliquer ! » rage Steffi. Quelle cruauté d'empêcher Nelli de chanter !

À la sortie du temple, Steffi demande à sa sœur :

– C'est le principal qui n'a pas voulu que tu chantes ?

– C'est parce que je n'ai pas pu. J'ai trop mal à la gorge.

Steffi regarde attentivement sa sœur. Elle n'a pourtant pas l'air malade. Ses yeux sont un peu brillants, peut-être, mais c'est probablement dû aux larmes.

– C'est vrai ?
– Ça s'entend, non ?

Comme tous les ans, tante Alma a préparé du jus de fruits et des brioches pour fêter la fin de l'école. Les enfants gardent leurs beaux vêtements le temps du goûter mais immédiatement après, ils sont envoyés dans leur chambre pour se changer. Steffi accompagne les deux filles. Nelli n'a pas encore commencé à se déshabiller qu'Elsa a déjà revêtu ses habits de tous les jours et s'apprête à repartir.

Pendant que Nelli boutonne son corsage, Steffi accroche la robe de sa sœur sur un cintre. Puis elle attrape sa jupe posée sur le dossier d'une chaise et la lui tend. Un morceau de papier en tombe suivi d'une cuillère.

Nelli se penche vivement pour la ramasser.

– Ne touche pas à mes affaires !

– Qu'est-ce que c'est ?

Steffi brandit la pochette en papier kraft, y glisse son doigt et découvre la poudre blanche.

– Laisse ça !

« Du poison ! » pense Steffi avec frayeur avant de se rendre compte que c'est de la poudre de craie.

– Oh, Nelli ! Comment as-tu pu faire ça ? Pourquoi ? Toi qui te faisais une telle joie de chanter. Ce sont tous ces gens qui t'ont fait peur ?

Nelli fait non de la tête.

– Alors, pourquoi ?

– Parce que je n'ai pas voulu que ce soit un souvenir pour la vie.

– Je ne comprends pas.

En écoutant l'explication de Nelli, Steffi sent la colère monter. Comment oncle Sigurd a-t-il pu dire une chose pareille ? Et tante Alma, comment a-t-elle pu être aussi lâche ? Ils ont donc décidé de se débarrasser de Nelli comme d'une vieille chaussette ?

Tante Marta ne se serait jamais comportée comme ça. Ni oncle Evert.

Steffi contient sa révolte pour dédramatiser la situation.

– N'y fais pas attention. Ils ne peuvent pas comprendre, dit-elle. Ça les dépasse. Tu sais que tante Alma est très attachée à toi.

– Elle ne veut plus de moi.

– Si. Mais elle n'ose pas s'opposer à oncle Sigurd. C'est comme si elle n'avait pas de volonté propre.

– Je ne veux pas aller à l'orphelinat ! Steffi, promets-moi que je n'irai pas.

– Je te promets.

A-t-elle les moyens de respecter son engagement ? Elle a déjà fait une promesse semblable à ses parents. L'a-t-elle tenue ? Ils lui avaient demandé de s'occuper de Nelli, de ne jamais l'abandonner. Quoi qu'il arrive.

– Je vais parler avec tante Marta, dit-elle. Elle sera de bon conseil, je le sais.

Nelli fait la moue. Elle n'apprécie pas beaucoup tante Marta dont elle n'a jamais compris le caractère. Elle n'a jamais senti ce qui se cachait derrière sa sévérité apparente. Mais Steffi, elle, le sait et s'estime heureuse d'avoir été accueillie par quelqu'un comme elle.

« Ce sont des hasards qui décident de nos vies,

songe-t-elle. Être libre de ses choix, pouvoir construire sa vie, ça sonne bien. Mais peut-être est-ce valable seulement pour les adultes. »

13

– C'est honteux, s'insurge tante Marta. Je ne m'explique pas qu'Alma ne… Dans le fond, je n'ai jamais compris ce couple.

Steffi et tante Marta sont attablées dans la cuisine devant une tasse de ce liquide noir qui remplace le café. Absorbée par ses pensées, tante Marta y trempe un demi-sucre et le met dans sa bouche.

– Je veux bien lui parler, poursuit-elle. Mais je crains que ça ne change rien. Alma a toujours fait comme Sigurd voulait. Et lui, il est tellement sûr d'avoir raison qu'il n'écoute personne.

– Essaie quand même, s'il te plaît, tante Marta. Nelli est si malheureuse.

– Je veux bien essayer, dit tante Marta en tapotant la main de Steffi. Quand je pense qu'il veut s'acheter son propre bateau, reprend-elle après une pause. Il prétend qu'Evert détourne une partie des bénéfices. Tu crois Evert capable d'une telle malhonnêteté ? Il se sacrifierait plutôt lui-même.

– Oui, je sais que tu as raison.

– Tu l'aimes, oncle Evert, n'est-ce pas ? Il te le rend bien, d'ailleurs.

– C'est vrai.

Steffi aurait voulu ajouter qu'elle aime aussi tante Marta, mais faire une telle déclaration à quelqu'un comme elle n'est pas facile.

– Nous voilà en train de parler comme deux adultes, fait remarquer tante Marta. Je ne l'aurais pas cru quand je t'ai vue la première fois, si petite et chétive. Et incapable de prononcer un mot compréhensible. Il y avait des moments où…

– … tu regrettais ?

– Non, ce n'est pas ça. Mais je me disais que tu aurais été mieux chez quelqu'un d'autre.

– Je suis si heureuse d'avoir été accueillie par vous.

– Je veux que tu saches, petite, que tu m'as apporté beaucoup de joie. La vie est plus lumineuse depuis que tu es là. Malgré un certain nombre de complications.

C'est la première fois qu'elles abordent ce genre de sujets. Tante Marta n'a pas l'habitude d'exprimer ses sentiments. Le moment est important, presque solennel.

« Elle doit se préparer à mon départ, songe Steffi. À moins qu'elle cherche à me retenir. »

Quelle serait sa vie si elle restait sur l'île ? Si elle y passait encore des semaines, des mois, des années. Non, elle n'est pas chez elle ici. Elle aime profondément tante Marta et oncle Evert, mais elle n'est pas chez elle ici.

« Pourvu qu'oncle Evert vive longtemps pour que tante Marta ne se retrouve pas seule », pense-t-elle.

Tante Marta, elle, sera centenaire, elle en est certaine.

Soudain, elle s'entend dire :

– Je t'aime tant, tante Marta.

Après avoir aidé tante Marta à préparer la maison pour les vacanciers de l'année, Steffi assiste oncle Evert lorsqu'il répare le ponton du hangar à bateaux.

– C'est du ressort des hommes, fait remarquer tante Marta. Tu n'as pas à t'en occuper.

Mais le travail en plein air fait du bien à Steffi après tant de temps passé le nez dans les livres. Elle aime la fraîcheur du vent et l'odeur du sel.

Une semaine passe si vite. Elle aurait voulu rester sur l'île un peu plus longtemps mais, dès le lundi matin, elle doit se présenter au laboratoire. Après, il faudra patienter jusqu'en juillet avant de pouvoir revenir.

Elle s'inquiète pour Nelli. Elle qui attendait les grandes vacances avec une telle impatience n'a le cœur à rien. Quand Steffi essaie de lui parler, elle l'évite ou se ferme comme une huître.

Tante Marta n'est pas encore allée voir tante Alma.

– Je préfère attendre que les hommes soient partis en mer. Alma a besoin de réfléchir tranquillement avant que Sigurd la remette à sa place, explique-t-elle.

Mais leur départ tarde. La panne du moteur étant plus importante que prévu, oncle Evert a mis le bateau en cale sèche pour les réparations. L'avantage, c'est qu'il passe ainsi toute la semaine à la maison avec Steffi.

Le vendredi, l'*Elisabeth* retrouve enfin sa place dans le port, le moteur remis à neuf. Dès l'aube le lendemain, il appareillera et prendra le large en direction des bas-fonds de Fladen, près de l'Écosse. Ils sont plusieurs navires à partir en même temps pour une période d'au moins une semaine. Depuis longtemps déjà, oncle Evert a sorti la carte marine de la mer du Nord afin d'expliquer à Steffi où sont situés les bancs de sable qui les intéressent : Fladen, Dogger et Fiskebankarna.

Bien que la Marine démine la côte, la mer cache encore des dangers mais cela n'atteint pas le moral d'oncle Evert, qui est plus optimiste que jamais.

– C'est enfin nous qui prenons les décisions, dit-il. Personne ne nous empêchera plus de pêcher où bon nous semble.

Le vendredi soir, oncle Evert emmène Steffi faire un tour en barque. Ils en profitent pour pêcher le maquereau à la ligne, une technique que Steffi maîtrise maintenant à la perfection.

– Tu te souviens, petite citadine, quand tu osais à peine toucher les poissons ? lui rappelle oncle Evert.

Steffi prend dans sa main un maquereau qu'elle vient d'attraper, lui coupe la tête d'un geste précis et le vide.

– Tu as appris pas mal de petites choses ici, n'est-ce pas ? commente oncle Evert en la regardant faire.

– Oui. J'ai beaucoup appris, répond Steffi. Beaucoup.

Ils restent un moment silencieux. La soirée printanière est claire et douce. Un peu plus loin, près d'un récif, ils voient surgir la tête d'un phoque. On dirait un chien avec sa moustache et ses grands yeux sombres. Steffi lui lance les viscères de son poisson mais ils sont vite interceptés par des mouettes braillardes et effrontées.

– Ton père sera fier de toi quand il viendra.

– S'il vient.

– Bien sûr qu'il viendra.

Le vent tombe. La surface de la mer est parfaitement lisse.

– Moi, je serais très fier de toi, si tu étais ma fille.

Le lendemain, tante Marta part à vélo avec l'intention d'aller dire un mot à tante Alma. Elle revient cependant sans avoir pu lui parler.

– Alma était débordée, explique-t-elle. Ses vacanciers venaient d'arriver et ils voulaient tout chambouler. Il a fallu déplacer les meubles, ajouter un lit d'enfant qu'ils avaient apporté. Tu sais, ce modèle, qui se fait maintenant, avec des barreaux comme une prison. Et pour couronner le tout, la dame a demandé à pouvoir disposer du grenier pour faire de la peinture, si bien qu'il nous a fallu le débarrasser et le nettoyer à toute vitesse.

– De la peinture ?

– Oui, je crois qu'elle est artiste ou quelque chose comme ça. Elle a les cheveux noirs comme le charbon, encore plus noirs que les tiens. Mais elle les teint, je pense. Alma va avoir du mal avec elle, ça, c'est une certitude !

14

Nelli s'est installée sur le perron pour éplucher des pommes de terre. Elle les attrape dans une bassine en zinc et les met dans une grande casserole au fur et à mesure qu'elle les débarrasse de leur vilaine peau rugueuse. Ce sont les dernières de l'année et elles ne vont pas tarder à être remplacées par les nouvelles.

Au loin, elle voit s'approcher de drôles de gens : un homme de haute stature, une valise à la main et coiffé d'un chapeau, est suivi d'une nurse en robe bleue et tablier blanc poussant un landau. Mais c'est surtout la femme derrière eux qui attire le regard de Nelli. Elle a les cheveux courts, noirs comme un corbeau, des sourcils épilés et une bouche couleur rouge sang. Sa robe, à dessins géométriques noirs, blancs et rouges, est drapée autour de son corps en plis harmonieux. Ses sandales à talons hauts sont maintenues par des lanières qui lui montent sur les mollets.

Elle est très belle. Nelli n'a jamais vu quelqu'un comme elle.

Elle s'interroge sur leur destination, quand elle voit l'homme s'arrêter à la barrière et se retourner vers sa femme :

– C'est ici, je pense ! On nous avait bien dit une maison jaune avec une véranda.

Il ouvre le portillon et pénètre dans le jardin. Le gravier de l'allée crisse sous ses pas. La nurse attend devant l'entrée que la femme brune la rattrape.

– Bonjour ! dit l'homme à Nelli. Nous sommes bien chez monsieur et madame Lindberg ?

– Oui.

– Nous avons loué la maison pour l'été. Je suis Anders Borg.

Il tend sa main mais la retire aussitôt en voyant les doigts pleins de terre de Nelli.

« Déjà ? Les vacanciers ne devaient pas arriver aujourd'hui », pense Nelli.

– Attendez un instant, dit-elle. Je vais prévenir tante Alma.

Mais celle-ci est déjà sortie sur le perron.

– Je ne vous attendais que demain, s'étonne-t-elle en s'essuyant les mains sur son tablier.

Les deux femmes entrent à leur tour dans le jardin. L'enfant se met à pleurer et la nurse le prend dans ses bras.

– Tu n'as pas appelé ? demande la femme brune à l'homme.

– C'est toi qui devais le faire, il me semble.

– Tu sais très bien que j'ai été très occupée ces derniers temps.

– Je suis désolé, dit l'homme en s'adressant à tante Alma. Il y a visiblement eu un malentendu entre mon épouse et moi-même. J'espère que notre arrivée prématurée ne vous dérange pas trop.

– Pas du tout, assure tante Alma. Entrez, je vous en prie. Le petit a sans doute faim ?

La nurse regarde sa montre.

– Treize heures trente, constate-t-elle. Le prochain biberon n'est que dans une demi-heure.

– Vous pouvez toujours changer sa couche, dit Mme Borg. Pourriez-vous, madame Lindberg, indiquer à mademoiselle où est située la salle de bains ?

– Bien entendu. Suivez-moi. Nelli, en attendant tu peux conduire ces messieurs dames dans le salon.

Nelli a honte. Honte de son vilain tablier et de ses ongles sales. Honte des taches de transpiration sous les aisselles de tante Alma. En voyant la femme brune balayer le salon du regard, elle a même honte de ce qui fait la fierté de tante Alma : sa vitrine de bibelots.

Mme Borg lui adresse un sourire.

– Comment t'appelles-tu ?

– Nelli.

– Ton père doit être aussi brun que toi vu que ta mère est toute blonde.

– Ce n'est pas ma vraie mère, murmure Nelli. Seulement ma mère d'accueil.

L'expression de la femme change.

– Ah oui ? Comment cela se fait-il ?

– Je t'en prie, Carita, intervient l'homme. Tu n'as pas à interroger la petite comme ça.

La femme lui jette un regard agacé avant de se tourner de nouveau vers Nelli.

– J'aimerais bien que nous trouvions un moment

pour parler, toutes les deux. Je sens que nous allons bien nous entendre.

Tante Alma revient.

– Asseyez-vous, je vous prie. Je vais finir de ranger la cuisine, puis nous descendrons notre literie dans la cave. Je vous ferai visiter la maison plus tard. Pour l'instant, il est préférable que vous attendiez ici.

Nelli et Elsa sont chargées de transporter les oreillers, les couvertures et les draps de l'étage à la cave pendant que tante Alma range la cuisine. Elles mettent ensuite les matelas à aérer et débarrassent le perron de la bassine et de la casserole. Pour l'heure, il n'est plus question de s'occuper du repas du soir.

Un garçon arrive avec un chariot chargé de valises, d'un lit à barreaux, d'une grande boîte à peinture, d'un chevalet et de toiles vierges tendues sur des cadres en bois. Il décharge seul le chariot et reçoit un pourboire de M. Borg.

– Voilà, j'ai fini, annonce tante Alma un peu plus tard. À présent je peux vous montrer la maison, si vous le souhaitez.

Pendant que la nurse donne le biberon au bébé dans la cuisine, M. et Mme Borg montent à l'étage avec tante Alma.

Mme Borg est mécontente de la disposition des meubles et le montre clairement. Pour que la chambre des filles corresponde mieux aux besoins de la nurse et du bébé, elle veut remplacer le lit d'Elsa par le lit à barreaux.

– Bien entendu, dit tante Alma [illegible] mais certainement… vous avez tout à fait raison.

– Maman, tante Marta est là, prévient Elsa d'en bas.

– Elle ne peut pas mieux tomber. Dis-lui de monter.

Le temps que tante Alma et tante Marta déplacent le lit d'Elsa, Mme Borg s'est déjà engagée dans l'étroit escalier qui mène au grenier.

– Anders ! crie-t-elle. Viens voir !

– Je me demande ce qui peut bien les intéresser dans tout ce fatras là-haut, soupire tante Alma.

– Vous avez un grenier extraordinaire, s'enthousiasme Mme Borg quand elle les a de nouveau rejoints. Si lumineux, si spacieux. Je sais bien qu'il n'est pas compris dans notre location mais si je peux en disposer, je suis prête à payer un supplément.

– Pour quoi faire ?

La voix de tante Alma est fatiguée. Elle n'a même plus le courage d'être polie.

– Je suis artiste peintre, explique Mme Borg. Cet été j'ai prévu de peindre en plein air mais ce serait fantastique d'avoir également un atelier. Et puisqu'il y a ici un endroit qui s'y prête à merveille ! Vous n'avez pas besoin de vider le grenier, il suffirait de regrouper vos affaires dans la partie sombre.

– Combien voulez-vous payer ? s'informe tante Alma.

Mme Borg se tourne vers son mari qui indique un montant. À en juger par la réaction de tante Alma, il doit s'agir d'une somme importante, se dit Nelli.

– D'accord, conclut tante Alma. Marta, tu veux bien me donner encore un coup de main ?

Il faut deux bonnes heures pour préparer le grenier. Les enfants s'occupent des objets qui ne sont pas trop lourds et les deux femmes déploient des efforts considérables pour déplacer les meubles.

– J'aurais préféré que Sigurd soit là, soupire tante Alma.

Après, il ne leur reste plus qu'à balayer, à enlever les toiles d'araignées et à laver les carreaux. À sa surprise, Nelli constate que c'est un bel endroit. Elle qui est déjà montée ici tant de fois ne s'en était jamais rendu compte.

– En voilà une femme compliquée, commente tante Marta. Comment as-tu fait pour te mettre sur le dos une personne comme elle ?

– C'est son mari qui m'a appelée. Il m'a dit qu'il était architecte, qu'ils avaient un bébé de cinq mois et qu'ils viendraient avec leur nurse, mais il a oublié de mentionner que sa femme faisait de la peinture.

– Et tu as vu son allure ! C'est inimaginable !

– Moi, je la trouve belle, dit Nelli tout bas pour que personne ne l'entende.

15

Le travail au laboratoire n'est pas très fatigant, mais pas très amusant non plus. On a donné une blouse blanche à Steffi et elle dispose d'un placard pour ranger son manteau. Elle commence à huit heures, termine à quatre heures et demie avec une coupure d'une demi-heure pour le déjeuner. Le samedi, elle finit à une heure et demie.

Son travail consiste à laver des éprouvettes et des récipients, à les stériliser et à les ranger dans une armoire selon leur taille et leur utilisation. Elle doit aussi régler un minuteur pour les éprouvettes qui doivent être retournées à des moments précis. Elle nettoie des paillasses, prépare le café, ramasse les blouses sales et les envoie à la blanchisserie.

Le premier mercredi soir depuis son retour, elle décide d'appeler le numéro que Sven lui a donné, mais personne ne répond. Le lendemain, elle essaie de nouveau, toujours sans succès. Son espoir de le voir pendant le week-end s'évanouit. Que peut-il bien faire ? Les cours à l'université sont finis et il n'a pas besoin de travailler pendant les vacances pour gagner sa vie. Peut-être est-il parti à la mer ? Ou à la montagne ? Il a dû oublier qu'il lui avait demandé de l'appeler.

Une des collègues de Steffi lui propose de reprendre la chambre qu'elle loue à Änggården près de l'hôpital. Elle est admise à l'école d'infirmières et sera pensionnaire à partir de la rentrée. Steffi accepte la proposition.

« Tu peux rester chez nous aussi longtemps que tu veux », lui dit Mme Karlsson. Mais Steffi sait que la famille a besoin de place. La grande chambre pourra maintenant être investie en partie par les trois garçons. Ainsi Erik n'aura plus besoin de dormir dans la salle de bains et la baignoire pourra enfin être installée.

Maj est triste quand elle apprend que Steffi va déménager, Gunnel est inconsolable. « Je préférerais que ce soit Britta qui parte, dit-elle. Elle est trop crâneuse ! »

Le vendredi soir, Steffi et Judith se rendent à la synagogue pour assister à la commémoration des victimes des camps de concentration. Comparée à celle de Vienne, elle est toute petite, mais Steffi – qui n'y était encore jamais allée – la trouve assez belle.

Les deux amies s'asseyent avec les autres femmes au balcon, d'où elles voient en bas les hommes avec leur kippa et leur châle de prière. La salle est bondée et de nombreuses personnes sont obligées de rester debout. Parmi elles, il y a quelques hommes non juifs visiblement gênés de garder leur chapeau sur la tête.

La cérémonie est poignante. Des prières, en hébreu et en suédois, alternent avec de la musique. Steffi et Judith se tiennent par la main et pleurent toutes les larmes de leur corps quand elles entendent la douleur et la tristesse infinies qu'exprime un violoniste de l'orchestre symphonique de Göteborg.

Après l'office, Judith retrouve des amies de l'orphelinat juif qu'elle embrasse longuement ; parmi elles Susi, qui est aussi originaire de Vienne.

Hedvig Björk est également là. Elle a tenu à assister à la commémoration.

– As-tu des nouvelles de ton père ? demande-t-elle.

– Non, toujours pas.

– Aie confiance, dit Mlle Björk.

Steffi regarde les gens qui s'attardent devant la synagogue – des blonds, des bruns, des chrétiens, des juifs – tous ensemble représentent l'espoir.

Steffi et Judith s'apprêtent à partir.

Au moment où Steffi se tourne vers Mlle Björk pour lui dire au revoir, elle voit une jeune fille brune se diriger vers elle en criant :

– Stéphanie ! Comme je suis contente de te voir !

C'est Alice.

Alice était dans la même classe qu'elle la première année du lycée. C'est elle qui a été renvoyée pour tricherie et après avoir d'abord accusé Steffi.

– Comment vas-tu ? demande-t-elle. Tu es toujours au lycée ?

– Je viens de passer le bac.

– Ça alors ! s'exclame Alice. Moi, j'ai encore une année à faire. Je suis en pension, mais tu le savais peut-être.

– Oui, on me l'a dit.

– Et ta famille ? demande Alice. Tu as de ses nouvelles ?

– Ma mère est morte et nous avons perdu la trace de mon père en 1943. J'ai entrepris des recherches.

– C'est affreux. Si la Suède avait accepté d'accueillir les réfugiés à temps, il n'y aurait pas eu autant de morts.

Comment peut-elle dire ça ? Elle devrait avoir honte ! Il n'y a pas si longtemps, Alice affirmait que les réfugiés faisaient du tort aux juifs suédois qui vivaient ici depuis des générations, comme sa propre famille.

Peut-être a-t-elle changé d'avis ? Peut-être a-t-elle fini par comprendre l'arrogance de son propos ? Mais en voyant la manière dont elle se comporte avec Judith, Steffi se rend compte que ce n'est pas le cas. Si Alice ne tient plus le même discours qu'avant, c'est parce qu'elle sait qu'il n'est pas acceptable aujourd'hui.

Steffi aimerait lui clouer le bec mais ce serait indigne de se disputer devant la synagogue.

– Il faut qu'on y aille, dit-elle. Salut, Alice.

– Au revoir, Stéphanie, et bonne chance !

– C'était qui ? demande Judith.

– Elle était dans ma classe en première année de lycée.

– Juive ?

– Oui.

– Une bonne amie ?
– Non, plutôt le contraire.
– C'est bien ce qu'il m'a semblé, dit Judith.

Sur le chemin du retour, Steffi s'arrête dans un café pour téléphoner. Elle a tellement envie de parler à Sven. Elle a besoin d'entendre sa voix.

Cette fois-ci, il décroche.

– C'est Steffi. Stéphanie.

– Où es-tu ?

– Dans un café. Je me suis arrêtée pour téléphoner.

– Tu veux venir chez moi ?

Elle hésite. Il habite seul…

– Pas ce soir. Je travaille demain.

– Et demain soir, tu es libre ?

– Oui.

– Dans ce cas, je propose qu'on sorte. Je t'invite à dîner. À sept heures à Valand, ça te va ?

– Merci, mais…

– Pas de mais. D'accord ?

– D'accord.

– Je suis content que tu m'aies appelé. Bonne nuit, Stéphanie. Dors bien.

– Bonne nuit.

Elle reste, le combiné dans la main. La serveuse lui lance un regard plein de curiosité.

– Vous voulez rappeler ?

– Non… non pas du tout.

Steffi raccroche. Demain soir !

16

Non, elle écarte la robe qu'elle portait le jour du bac. Il va la reconnaître et se dire qu'elle n'a rien d'autre à se mettre. Et il n'aurait pas tort.

Maj et Britta aident Steffi à chercher parmi ses vêtements sans rien trouver de suffisamment habillé pour un dîner au restaurant. En désespoir de cause, elle emprunte une robe à Britta. Bleu sombre, elle est plissée à partir de la taille. Elle est un peu trop large, mais sous la veste blanche, ça ne se verra pas.

– On dirait une robe marin. C'est très à la mode cette année, l'encourage Britta.

Steffi s'est acheté des bas de soie et un rouge à lèvres. Maquillée, sa bouche paraît plus épaisse, plus mystérieuse.

– Je n'en ai pas trop mis ?

– Non, c'est beau, lui assure Britta. Tamponne tes lèvres avec un peu de poudre et rajoute une couche de rouge. Comme ça, ça tiendra mieux quand tu mangeras. Et quand il t'embrassera.

Maj lance un regard réprobateur à sa sœur.

– Arrête de dire des bêtises. À t'entendre, on dirait que tu as une grande expérience.

Britta sourit. Malgré ses seize ans, elle a déjà un petit ami attitré.

– C'est dommage que tu n'aies pas de chaussures à talons, mais tant pis. Tes pieds sont trop petits pour que je te prête les miennes.

Avant de laisser Steffi partir, Britta l'examine attentivement.

– Il faudrait ajouter une petite note colorée, constate-t-elle.

Elle retourne dans la chambre et revient avec une ceinture rouge qu'elle met autour de la taille de Steffi.

– Voilà ! Comme ça c'est parfait.

Au goût de Steffi, la couleur est trop criarde, mais elle décide de ne rien dire pour ne pas blesser Britta.

Dans la rue, elle se fait siffler par un garçon.

– Si tu vas à la Rota je t'inviterai à danser ! lui lance-t-il.

La Rota. Non, plus jamais elle n'ira là-bas. Elle ne veut plus en entendre parler.

Quand elle prend place dans le tram, prudemment pour ne pas froisser la robe, la Rota est déjà oubliée. Un soir comme celui-ci, il ne faut pas penser au passé !

Aujourd'hui c'est Sven qui attend. Elle le voit de loin, à travers les vitres du tram. Il porte ses vêtements de tous les jours : un pantalon clair et une veste de sport. Est-elle trop habillée ? Va-t-il trouver qu'elle en fait trop ?

Elle défait rapidement la ceinture rouge et la glisse dans son sac à main.

– Bonjour, Stéphanie.

Il l'accueille à l'arrêt du tram avec un sourire chaleureux.

– Je propose que nous allions au Jardin botanique. Il fait si beau ce soir.

Le soleil est encore haut dans le ciel. En prenant leur temps, ils descendent la Grande Avenue vers le restaurant du Jardin botanique où Sven demande une table en terrasse.

Ils commencent le repas par une assiette de petits canapés.

– Et ensuite, tu veux du poisson ou de la viande ? demande Sven.

– Je veux bien de la viande.

– Du poulet ?

– Volontiers.

Sven commande du poulet à la crème et une bouteille de vin rouge.

La conversation est facile et joyeuse. Ils abordent différents sujets : le nouveau travail de Steffi, les études de Sven, les livres qu'ils ont lus, la transformation du monde après la guerre.

Steffi regrette d'avoir pris du poulet. Il est trop difficile à couper. Elle a peur de tacher la robe de Britta.

Sven lui fait une petite présentation de ceux de ses amis qu'elle a rencontrés. Certains suivent des cours aux Beaux-Arts, d'autres écrivent et une des filles prend des cours de théâtre. La plupart d'entre eux financent leurs études en faisant des petits boulots à droite et à gauche, sur le port, dans les cinémas et ailleurs.

– Toi, tu échappes à ça, dit Steffi.

– Oui, puisque ce sont les études de médecine qui me payent le gîte et le couvert.

– C'est un boulot comme un autre, plaisante-t-elle.

– C'est vrai et nous allons trinquer pour lui, dit Sven en versant du vin dans le verre de Steffi.

– Et tes amies ? À part celle qui veut être actrice, que font-elles ?

– Ça dépend. Mona, la grande maigre, écrit de la poésie tout en travaillant dans un café. Lillemor est infirmière. Son salaire permet à Jan, son petit ami, de se consacrer à la peinture à plein temps. Et Irène est modèle quelques heures par semaine dans une école de dessin.

Irène, la fille au foulard rouge et au sourire ironique.

– Elle pose nue ?

– Je pense, oui. Ça te choque ?

– Je ne sais pas. Mais j'ai du mal à comprendre… moi je ne pourrais jamais…

Sven tend sa main et lui effleure la joue.

– Bien sûr que non. Ce n'est pas ton genre.

Comment prendre sa remarque ? « Pas son genre », pas le même genre qu'Irène ? C'est mieux ou moins bien ?

– Tu veux un dessert ?

– Non merci, juste un café.

Soudain, Sven demande :

– Tu te souviens d'Irja ?

Steffi opine de la tête.

– Elle va se marier avec un Norvégien.
– Je sais. Je les ai rencontrés le jour de la paix.
Elle ne lui dit pas qu'elle est allée voir Irja à la taverne pour savoir ce qu'il était devenu.
– J'étais tellement naïf à cette époque-là, reprend Sven. J'ai cru que c'était l'amour de ma vie, mais nous étions trop différents.
Pourquoi parle-t-il d'Irja ? Où veut-il en venir ?
– Des âmes sœurs, dit-il. Tu crois que c'est ce que nous sommes, toi et moi ?
Elle n'arrive pas à répondre, n'arrive plus à respirer. Son cœur bat la chamade.
Sven esquisse un petit sourire pour détendre l'atmosphère.
– Il vaut mieux que je paie, sinon je risque de commander une deuxième bouteille de vin et de dire trop de bêtises. Allons faire un tour dans le parc.
Ils se promènent dans la roseraie où les premiers boutons sont sur le point d'éclore. L'orangerie étant fermée, ils descendent à l'étang aux poissons et s'assoient sur un banc. Sven met son bras autour de ses épaules.
– Tu m'autorises à faire ça ?
– … Oui.
– Et ça ?
De sa main libre, il prend la tête de Steffi et la tourne vers lui.
– … Oui.
– Et ça ?
Il approche son visage du sien. Elle le regarde droit dans les yeux. Elle voit sa bouche, ses dents blanches entre ses lèvres.

– Oui !

Sa bouche contre la sienne. Ses lèvres, ses dents, leurs langues qui se rencontrent.

Ce n'est pas son premier baiser.

Cependant, le premier garçon qui l'a embrassée, c'est Sven. Enfin, c'est plutôt elle qui l'a embrassé. Un baiser désespéré, douloureux qui lui a brûlé les lèvres et blessé l'âme.

Le deuxième, c'est Bengt dans une maison en pleine forêt, une nuit après la Rota. Un baiser traître, un baiser censé la pousser vers quelque chose qu'elle ne voulait pas faire.

Depuis, elle n'a revu Bengt qu'une fois, chez Vera et Rikard, un jour où elle leur rendait visite. Il l'a à peine saluée. Elle et Vera sont sorties se promener avec le petit Glenn et à leur retour, Bengt était parti.

Il y a eu d'autres baisers. De garçons qui l'ont invitée au cinéma ou au café, de garçons qu'elle a rencontrés aux bals du lycée ou dont elle a fait la connaissance par des amies de classe. Certains l'ont raccompagnée et ont voulu l'embrasser avant de la quitter en bas de l'immeuble. La plupart du temps, elle a refusé, mais pas toujours.

Cette fois, c'est différent. Il l'embrasse, elle l'embrasse. Ils s'embrassent en se chuchotant des mots doux, comme elle en rêve depuis longtemps.

La soirée est si douce, le temps passe si vite. Il est déjà minuit quand Sven regarde sa montre. Le dernier tram pour Sandarna est parti.

– Prenons un taxi, propose Sven. Je dirai au chauffeur de m'attendre pendant que je t'accompagne jusqu'à la porte.

– Et si on marchait ? suggère Steffi. Il fait tellement beau.

– Marcher ? Jusqu'à Sandarna ? Tu te sens le courage de faire ça ?

– Oui, et toi ?

– N'oublie pas que je suis un randonneur expérimenté. Tu en as vraiment envie ? Et comment est-ce que je vais rentrer chez moi après ?

– Tu prendras un taxi. Oui, j'en ai vraiment envie.

Ils descendent jusqu'au fleuve, longent les quais vers l'ouest, passent devant les hangars et les grues du port. L'eau étincelle dans la nuit. De temps à autre ils s'arrêtent pour s'embrasser.

En s'approchant de Sandarna, ils voient le soleil se lever. À l'ouest, sur Hisingen, le ciel est encore sombre, mais à l'est, au-dessus des terres, il commence à prendre des tons rosés. Steffi a des cloques aux talons. Ses bas sont sans doute abîmés, mais tant pis. Quelle importance ? Elle n'est absolument pas fatiguée.

Arrivés à la porte de l'immeuble, ils s'embrassent une dernière fois.

– Téléphone-moi demain, dit-il. On pourrait se revoir dans la semaine ? Juste pour prendre un café et pour discuter ?

– Volontiers. Je t'appelle. Bonne nuit, ou plutôt bon jour.

– Tu es adorable. Dors bien, Stéphanie.

La porte se referme derrière elle. À travers la vitre, elle le voit s'éloigner. Ses lèvres ont gardé le goût de ses baisers.

17

Chez tante Alma, rien n'est comme avant. Carita Borg a décroché les rideaux et enlevé les tapis du salon.

– Il faut faire entrer la lumière ! explique-t-elle.

Elle a recouvert la vitrine d'un tissu à grands motifs multicolores. Elle a décoré les tables de fleurs sauvages, d'herbes folles et de branches sèches placées dans les pots de terre normalement destinés aux cornichons marinés.

Tante Alma la regarde faire en soupirant. Quant à Elsa et John, ils rouspètent parce qu'ils n'ont plus le droit de jouer dans le jardin où le bébé fait la sieste à l'ombre du pommier.

Seule Nelli ne se plaint pas des nouveaux estivants. Elle suit Carita Borg à la trace, que ce soit dans la maison ou dans le jardin. Tante Alma lui recommande de ne pas la déranger, mais Nelli sait qu'elle ne trouve pas sa présence gênante.

– J'aime bien avoir de la compagnie, lui dit Carita. Sauf quand je peins, là j'ai besoin d'être seule.

Elle parle avec Nelli comme avec une adulte, ou presque. Elle lui a même proposé de l'appeler « Carita ».

– Pas « madame Carita » ?

– Non. Surtout pas !

Devant tante Alma, Nelli préfère tout de même dire « madame Borg ».

M. Borg est reparti au bout de quelques jours pour suivre les travaux d'un chantier – d'un hôtel, d'après ce que Nelli a compris – dont il avait fait les plans.

Nelli ignorait qu'il fallait dessiner un bâtiment avant de le construire. Elle ne savait pas qu'il y avait des gens formés pour ça. Pour le mariage du frère aîné de Sonia, son père et ses frères lui ont bâti une maison, sans suivre de plans.

– Ici sur l'île, ce n'est pas pareil, explique Carita. Les habitants continuent de construire comme ils l'ont toujours fait, alors que les bâtiments modernes sont conçus par un architecte.

– C'est valable pour toutes sortes de constructions ?

– Oui. On fait appel à Anders pour des immeubles, des écoles, des hôpitaux, des hôtels. Pour des usines aussi.

Nelli réfléchit un moment avant de demander :

– Les camps de concentration ont aussi été conçus par des architectes ?

Carita semble déconcertée.

– J'avoue que je n'y avais jamais pensé. Mais tu as raison, c'est forcément le cas. Par des architectes allemands. Quelle horreur !

Nelli est assise sur le banc du jardin à côté de Carita Borg qui tient son bébé dans les bras. Il s'appelle Pablo, d'après un grand peintre qu'elle admire. Mlle Greta souhaite qu'il passe le plus de temps possible dehors. « C'est bon pour sa santé », affirme-t-elle. Elle lui donne son biberon toutes les quatre heures, règle qu'elle respecte scrupuleusement. S'il dort, elle le réveille. S'il se réveille trop tôt, elle le fait attendre. Même quand il pleure.

En général, Carita le prend un moment après ses repas, mais au moindre couinement, Mlle Greta le remet dans son landau et le promène jusqu'à ce qu'il se rendorme.

– Je peux le tenir ? demande Nelli.

Le petit Pablo vient de boire et gazouille de satisfaction.

– Bien sûr, dit Carita.

Nelli cale prudemment le bébé contre son épaule et souffle sur le fin duvet qui recouvre sa tête. Pablo lui attrape le doigt. Tout doucement, elle se met à chanter une berceuse de sa mère. Carita se lève et s'éloigne un peu du banc, sans les quitter du regard.

– Merveilleux, dit-elle. J'aimerais vous peindre. Tu veux bien poser pour moi, Nelli ?

– Je ne sais pas si j'en suis capable.

– Ce n'est pas difficile. Tu dois rester assise sans bouger, c'est tout. Et on fait une pause quand tu es fatiguée. Mais il faut que tu me promettes de ne pas abandonner avant la fin. Tu es d'accord ? Je t'inviterai à mon vernissage à la rentrée.

– Verni… ?

– Vernissage. C'est pour inaugurer une exposition.

On boit du champagne et les gens vous apportent des fleurs. Ça ne serait pas amusant ?

Nelli acquiesce.

– Et Pablo ? Lui ne pourra pas rester immobile.

– Je profiterai d'un moment où il est calme pour faire une esquisse rapide et je peindrai les détails de son visage quand il dort. Toi tu tiendras une poupée ou un coussin dans les bras. Oh, je sens que ce sera superbe !

Dès le lendemain, elles se mettent à l'œuvre. Carita Borg monte l'escalier du grenier, suivie de Nelli qui a revêtu sa robe à fleurs jaunes et de Mlle Greta avec Pablo dans les bras.

Le chevalet, sur lequel est posée une peinture inachevée dont le sens échappe à Nelli, est installé dans la partie la plus claire du grenier. Une boîte de couleurs avec différents tubes est rangée sur une vieille table, entourée de pinceaux et de couteaux. Sur un tabouret, il y a une palette avec des taches de peinture. Une forte odeur de térébenthine flotte dans l'air.

– Je ne pense pas que cette odeur soit recommandée pour le petit Pablo, fait remarquer Mlle Greta.

– Ça ne sera pas long, s'énerve Carita. Nelli, assieds-toi là-bas.

Elle lui indique un vieux fauteuil en bois recouvert d'un tissu jaune et orangé à quelques mètres du chevalet.

Nelli s'installe en faisant attention à ne pas déplacer le tissu.

– Donnez-lui l'enfant, dit Carita à Mlle Greta qui,

visiblement à regret, pose le bébé dans les bras de Nelli.

– Tiens-le comme hier.

Nelli appuie Pablo contre son épaule.

– Hier tu as soufflé sur ses cheveux. Refais-le.

– Tout le temps ?

– Non, c'est juste pour que sa tête soit dans le bon angle. Voilà, garde cette position. Pour l'instant, tu n'as pas besoin de t'appliquer pour retrouver la même expression. Aujourd'hui, je ne vais faire qu'une esquisse.

Carita enlève la peinture inachevée du chevalet et la remplace par une toile vierge. Puis elle prend un fusain et commence à dessiner. Mlle Greta, les bras croisés sur la poitrine, reste plantée à côté d'elle.

– Vous pouvez disposer, mademoiselle Greta. Je vous appellerai quand je n'aurai plus besoin de Pablo.

À contrecœur, Mlle Greta se dirige vers l'escalier.

– J'attendrai dans la chambre du bébé, l'informe-t-elle.

Carita ne répond pas.

Nelli veut à tout prix faire plaisir à Carita et ose à peine respirer de peur de bouger.

Au bout d'un moment, elle a des picotements dans le bras sur lequel repose Pablo qui n'arrête pas de pleurnicher et de gigoter.

– Je crois qu'il commence à être fatigué, dit-elle timidement.

– Encore une toute petite minute, demande Carita. Tu es si courageuse, Nelli. D'ailleurs, vous êtes courageux tous les deux.

À présent, Nelli a une crampe et Pablo hurle mais

Carita ne semble pas s'en apercevoir, contrairement à Mlle Greta qui monte précipitamment les escaliers.

– Maintenant, je le prends, dit-elle. Cela n'est pas bon pour sa santé.

– Il me semble pourtant vous avoir entendu dire que ça ne faisait pas de mal aux enfants de pleurer, fait remarquer Carita.

Sans se donner la peine de répondre, Mlle Greta s'empare de l'enfant en pleurs et redescend.

– Mais nous, on va continuer encore un peu, dit Carita à Nelli.

Elle attrape un morceau de tissu, l'enroule et le pose dans les bras de Nelli.

– Tiens-le comme tu tenais Pablo tout à l'heure.

Ce n'est pas lourd, mais Nelli a mal aux muscles. Elle ne se permettrait cependant pas de se plaindre.

– Ça y est, dit Carita un peu plus tard en reposant enfin le fusain. Ça suffit pour aujourd'hui.

– Je peux voir ?

– Pour l'instant, ce n'est qu'une ébauche. Je te montrerai plus tard.

Carita recouvre le chevalet d'un tissu plein de taches.

– Tu as été très courageuse. Je te remercie beaucoup. On reprendra demain.

18

– Tu parais si heureuse, dit Maj. On dirait que tu as des ailes.

Steffi vient de croiser son amie en sortant du tram après sa journée au laboratoire. Maj travaille dans une blanchisserie à Mariaplan, mais elle commence et termine plus tôt que Steffi.

Ensemble elles prennent le chemin de Konsum afin de faire les courses du soir.

– Je suis vraiment contente pour toi, poursuit Maj.

Elle sourit, mais Steffi voit que ses yeux sont tristes.

– Qu'est-ce qu'il y a, Maj ?

– Pourquoi tu me demandes ça ?

– Je vois bien qu'il y a quelque chose. Pas de cachotteries entre nous.

– C'est parce que je sais que rien ne sera plus comme avant. Tu vas déménager. Et toi et Sven vous allez être…

– Et alors ? Ça n'a rien à voir avec nous deux !

– Mais si.

– Je ne comprends pas. Tu es ma meilleure amie. Alors que Sven… c'est très différent.

– Tu te souviens quand nous avons eu cette discussion au sujet de Hedvig Björk et de son amie, il y a quelques années. Nous nous sommes dit qu'elles étaient restées célibataires bien qu'elles n'aient certainement pas manqué de prétendants. Elles ont choisi le travail et l'amitié. Je t'ai dit que moi aussi j'aimerais vivre comme elles. Et toi, tu as dit…

– … qu'il était sûrement possible de tout combiner : l'amour, le couple, les enfants. *Et* le travail et l'amitié. Je continue de le croire. Je n'ai pas l'intention de te laisser tomber, Maj.

Derrière ses lunettes, les yeux de Maj se mettent à briller.

– Tu es comme une sœur pour moi, dit-elle. Plus qu'une sœur.

Elle éclate de rire.

– Je ne sais pas ce qui me prend, dit-elle. Je suis devenue trop sensible. En parlant de sœurs – et de frères – nous avons intérêt à nous dépêcher de ramener les courses pour le dîner, sinon les gosses risquent de mettre la maison à sac.

– Steffi, il y a une lettre pour toi, annonce Kurt de sa voix muée. Je l'ai mise sur ton lit.

Une lettre ! Le cœur de Steffi fait un bond dans sa poitrine.

– Des timbres étrangers, précise Olle, d'une voix aussi mal assurée que celle de son frère jumeau. Tu me les donneras pour ma collection ?

– Arrêtez tout de suite ! Fichez la paix à Steffi, bande d'imbéciles ! ordonne Maj.

« Et si c'était… non, ce n'est pas possible… ça ne peut pas être une lettre de papa ? »

Steffi voit immédiatement que ce n'est pas ce qu'elle espérait. L'adresse est tapée à la machine et non rédigée de la main de son père.

Ce qui ne signifie pas qu'elle n'a rien à voir avec lui. Il se peut par exemple que, pour une raison ou une autre, il soit dans l'incapacité d'écrire.

Sans se donner le temps d'aller chercher un coupe-papier, elle déchire l'enveloppe et en sort une feuille toute fine.

Il s'agit d'un des nombreux exemplaires du formulaire qu'elle a remplis. Une phrase a été tamponnée en haut de la feuille. Le seul mot qu'elle comprenne est *Warszawa* suivi, en allemand, de *Nicht gefunden*. Pas retrouvé.

Elle se retourne lentement vers Maj restée sur le seuil.

– Il est… ?

Steffi fait non de la tête.

– Ils disent qu'ils ne l'ont pas retrouvé. La lettre vient de Varsovie, je crois. Je ne comprends pas bien. Je vais demander à Judith de m'expliquer.

Maj la serre dans ses bras.

– Combien de formulaires comme celui-ci ont-ils envoyés ?

– Six, je crois. J'en ai aussi rempli à la Croix-Rouge mais il est possible qu'ils soient tous regroupés au même endroit.

– Il te reste donc encore plusieurs réponses à recevoir, dit Maj.

Après le dîner, Steffi se rend chez Judith avec la lettre.

– *Centr. Komitet Zydowski*, lit Judith. Le Comité central juif de Varsovie. Ils n'ont rien trouvé sur ton père. Ni sur ma famille. J'ai reçu la même hier.

Elle rend la feuille à Steffi, ouvre la fenêtre et allume une cigarette.

– Tu sais, dit-elle, je crois que le mieux serait que nous cherchions nous-mêmes.

– Comment ? Tu veux que nous partions en Allemagne ? Ou en Pologne ?

– Certains rescapés des camps viennent ici. Maintenant que tout est fini, les Suédois sont d'accord pour accueillir les survivants. Il y a des hôpitaux et des lieux de regroupement où nous pourrions chercher. Il paraît que pas mal de Juifs vont venir à Göteborg par bateau.

L'énergie de Judith est contagieuse.

– Comment pouvons-nous faire pour connaître le jour exact de leur arrivée ? demande Steffi.

– La Communauté juive doit le savoir. J'y vais souvent, surtout pour rencontrer d'autres jeunes qui veulent partir en Palestine. Si jamais j'ai des nouvelles, dis-moi comment te prévenir rapidement.

– Je vais te donner le numéro de téléphone du labo. Mais appelle-moi uniquement pour une urgence. Ils n'aiment pas que je reçoive des coups de fil personnels.

Elle ne raconte pas que Sven l'a appelée l'autre jour et que c'est ce qui lui a valu une remarque de son supérieur. « Il ne faut pas occuper le téléphone pour rien. Il peut y avoir des communications importantes », a-t-il dit. C'était pourtant pendant la pause déjeuner.

Steffi n'a pas parlé de Sven à Judith. Seule Maj est au courant. Leur relation est encore trop récente, trop fragile.

Depuis la soirée au Jardin botanique, ils se sont vus plusieurs fois. Ils se sont promenés, ils ont pris un café ensemble, ils ont beaucoup parlé et ils se sont encore plus embrassés.

Un soir, ils sont retournés au restaurant où Sven a l'habitude de retrouver ses amis. Cette fois-ci, Steffi s'est sentie plus sûre d'elle, plus à l'aise. Sven a montré ouvertement qu'ils formaient un couple.

Elle et Sven.

Ce dont elle rêvait si souvent devant l'Étang aux Nénuphars l'automne de ses treize ans est devenu réalité. Elle a fini par être la petite amie de Sven.

Elle a toutes les raisons d'être heureuse.

Mais pourquoi a-t-elle la sensation que la moindre imprudence pourrait tout briser ?

19

– Demain il y a un bateau.

La voix de Judith est excitée à l'autre bout du fil.

– Dans la matinée. En provenance de Lübeck. Tu vas pouvoir te libérer ?

– Toute la journée ?

– Non, il suffit qu'on se retrouve vers quatre heures. Je me suis renseignée sur ce qui va se passer : après le débarquement, ils seront épouillés, on leur donnera des vêtements et, dans la soirée, ils seront envoyés dans différents hôpitaux. Il paraît que la plupart d'entre eux sont en assez mauvais état.

Après avoir fixé un lieu de rendez-vous avec Judith, Steffi raccroche et retourne au travail.

Comment expliquer qu'elle a besoin d'un jour de congé ? « Mon père va revenir d'un camp de concentration. Enfin, peut-être. » Si elle était certaine qu'il était dans le bateau de Lübeck, elle n'hésiterait pas. Mais en réalité, elle n'en sait rien du tout.

Steffi décide de prétexter une maladie. Une migraine ou une intoxication alimentaire. Quelque chose qui passe au bout d'un jour de repos. Elle n'aime pas mentir, mais comment faire autrement ?

Le lendemain matin, elle va au labo comme d'habitude pour ne pas perdre une journée de salaire. Elle a décidé de faire semblant d'être prise de nausées vers trois heures.

Finalement, elle n'a pas besoin de dire quoi que ce soit. Déjà le matin, elle est tellement énervée qu'elle casse une éprouvette en la nettoyant et se blesse au doigt. Peu après, elle fait tomber un échantillon.

– Qu'est-ce qu'il t'arrive, Stéphanie ? s'étonne son chef. Tu ne te sens pas bien ?

– Non, balbutie Steffi. J'ai la tête qui tourne.

– Des nausées ?

– Un peu.

– Il est préférable que tu rentres chez toi, dit le chef. Si tu continues comme ça, tu feras trop de dégâts. Reviens demain, si tu te sens mieux.

Steffi a un peu honte quand elle échange sa blouse blanche contre son manteau. Elle se promet de rattraper le temps perdu le lendemain.

À quatre heures, Steffi et Judith se retrouvent à Götaplatsen pour se rendre au lycée où Sven a passé son bac. Pendant les vacances scolaires, les bâtiments servent de lieu de rassemblement pour les rescapés des camps de concentration.

Au moment où elles s'apprêtent à pénétrer dans la cour, elles croisent un bus qui repart en laissant les alentours du lycée totalement vides. Un policier ferme les grilles.

– Vous cherchez quelqu'un ? demande-t-il aux filles.

– Oui, des membres de nos familles, répond Steffi.

– Dans ce cas, vous arrivez trop tard. Le dernier bus vient tout juste de partir.

– Où les emmène-t-il ?

– À Uddevalla.

– Mais on m'a dit qu'ils resteraient ici jusqu'à ce soir, s'inquiète Judith.

– Il y en aura d'autres la semaine prochaine, explique le policier. Des femmes, je crois.

– Et cette fois-ci ?

– Uniquement des hommes. Des jeunes et des vieux. Mais ce n'est pas la peine de revenir. Les rescapés viennent ici seulement pour un contrôle médical et pour être épouillés avant d'être conduits ailleurs, explique le policier sur un ton revêche. Allez-vous-en maintenant. Personne de l'extérieur n'a le droit d'entrer. Si jamais des membres de vos familles arrivaient en Suède, vous seriez forcément prévenues.

Il leur tourne le dos et ferme la grille avec un gros cadenas.

Judith s'appuie contre la barrière, l'air fatiguée et résignée.

– Excusez-moi, dit Steffi au policier. Pourriez-vous me dire si les femmes qui arrivent la semaine prochaine seront envoyées à Uddevalla, elles aussi ?

– Je crois, oui. Allez, maintenant partez d'ici !

Steffi prend Judith par la main et descend la côte.

– Pourquoi es-tu si pressée ?

La voix de Judith est agacée, presque geignarde.

– J'ai une idée. Viens t'asseoir que je t'explique.

Elles s'installent sur un banc dans le petit parc à côté de la statue de Viktor Rydberg.

– Alors ?

– Il faut que nous allions à Uddevalla, dit Steffi. Si parmi ceux qui arrivent il y a quelqu'un de notre famille, personne ne pourra nous empêcher de le voir. Mais on ferait mieux d'attendre l'arrivée du prochain bateau pour mettre plus de chances de notre côté.

– C'est où, Uddevalla ?

– Pas très loin d'ici. Entre soixante-dix et quatre-vingts kilomètres.

– Mais comment veux-tu qu'on y aille ? demande Judith d'une voix lasse comme si elle ne s'attendait pas à une réponse.

– En train. Ou à vélo, si le train est trop cher. On pourra emporter une tente pour ne pas être obligées de revenir le jour même.

– Je n'ai pas de tente. Et toi ?

– Je peux en emprunter une.

Sven lui prêtera certainement celle qui lui sert lors de ses randonnées en montagne.

– Si nous partons samedi juste après le travail, nous arriverons dans la soirée, suggère Steffi. Nous monterons la tente à un endroit près d'Uddevalla, et le matin, nous irons à l'hôpital puis nous retournerons à Göteborg.

– Je n'ai pas de vélo.

Steffi a envie de secouer Judith qui semble avoir perdu toute son énergie.

– Il y a bien quelqu'un qui pourra te prêter un vélo. Si tu ne connais personne, je demanderai à tante Marta, mais je ne pourrai pas transporter deux vélos toute seule. Le mieux serait que tu m'accompagnes sur l'île dimanche.

– Ulla, à la chocolaterie, a un vélo. Je vais lui demander.

Steffi sourit intérieurement.

Rien que l'idée de revoir tante Marta a fait réagir Judith.

– Oui, demande-lui. Je vais me renseigner sur l'itinéraire. J'espère que tu sais faire du vélo ?

– Oui, j'ai appris à en faire chez le fermier de Dalsland. Et la femme qui m'a accueillie par la suite me prêtait son vélo pour faire les courses. Mais ça remonte à loin maintenant.

– Le vélo, ça ne s'oublie pas. Tu peux d'ailleurs t'entraîner un peu avant.

Judith esquisse enfin un sourire.

– Quelle aventure ! dit-elle. Je n'ai jamais dormi sous une tente.

– Moi non plus.

– Tu sauras la monter ?

– Je demanderai qu'on m'explique.

– À qui ?

Steffi hésite… non, elle ne veut pas lui parler de Sven.

– À un vieil ami, dit-elle. Quelqu'un que tu ne connais pas.

– Es-tu certaine qu'il te la prêtera ?

– Absolument.

Judith reprend son air absent. Du bout de sa chaussure, elle fait des dessins dans le sable avant de dire :

– Je l'ai trouvé méchant.

– Qui ?

– Le policier. « Personne de l'extérieur n'a le droit d'entrer. » Comment ose-t-il ? Ce n'est pas nous qui sommes « de l'extérieur », c'est lui et les Suédois !

– Il a seulement voulu dire que… essaie Steffi.

– J'ai très bien compris ce qu'il a voulu dire, l'interrompt Judith. C'est lui et tous les autres qui ne comprennent rien. Même ceux qui travaillent avec les rescapés n'arrivent pas à comprendre.

– Qu'en sais-tu ? Tu ne peux pas généraliser parce qu'un policier s'est montré un peu brutal.

– Tu es drôle, Steffi. Malgré ce que tu as vécu, tu continues de croire que les gens sont bons.

– Pas du tout. Mais j'essaie de ne pas m'arrêter à la première impression. C'est une chose que j'ai apprise…

Steffi hésite. Elle avait pensé ajouter « avec tante Marta », mais Judith connaît mal tante Marta et n'a pas envie d'essayer de mieux la connaître.

– … ici en Suède, dit-elle sans conviction.

– Oui, les Suédois n'osent pas se fâcher. Ils n'osent même pas avoir d'opinion. Ils disent toujours « d'un côté… mais d'un autre côté… ».

Steffi pense immédiatement aux parents de Sven, le docteur et Mme Söderberg. Mais tous les Suédois ne sont pas comme eux.

– Tante Marta a des opinions, réplique-t-elle durement, même si elles ne te conviennent pas. Hedvig Björk aussi. Et Maj en a plein !

Elle en connaît un autre qui ose s'engager, mais elle ne dira pas son nom.

– D'accord, d'accord, dit Judith. C'est bon, je capitule.

20

Tous les matins, Nelli enfile sa belle robe, grimpe l'étroit escalier du grenier et s'installe dans le fauteuil au tissu multicolore pour une séance d'environ une heure. Pablo est remplacé par le vieux baigneur d'Elsa qui a l'avantage d'être plus léger et qui, surtout, ne gigote pas.

– C'est étonnant que quelqu'un d'aussi remuant que toi soit capable de rester aussi longtemps sans bouger, dit tante Alma qui ne semble pas avoir remarqué à quel point Nelli a changé.

Depuis quelque temps, elle est souvent repliée sur elle-même. Elle fait tout ce qu'elle peut pour déranger le moins possible et se propose de participer à des tâches qui, habituellement, ne lui incombent pas. Elle repasse elle-même ses robes et ses chemisiers.

En se rendant utile, elle espère avoir le droit de rester.

Quand tante Alma prépare de l'eau savonneuse pour frotter le plancher, elle lui offre son aide.

Quand elle voit tante Alma aligner ses bougeoirs en laiton et ses plateaux en métal argenté sur la table de la cuisine recouverte de journaux, elle lui explique :

– Nous allons apprendre à briquer le métal au cours de travaux ménagers, alors plus tard c'est moi qui m'en occuperai.

Tante Alma, l'air préoccupée, lui jette un regard à la dérobée. Nelli a très bien compris ce qu'elle pense : « La petite ne sait pas encore qu'elle va devoir nous quitter. Autant ne rien lui dire pour l'instant. »

Pourtant Nelli le sait. Elle ne le sait que trop bien.

Elle ne veut cependant pas que l'on croie que sa gentillesse est feinte. Ce qu'elle veut, c'est que tante Alma ait envie de la garder, même contre la volonté de son mari.

Sinon, que deviendra-t-elle ? Pour rien au monde elle ne veut aller à l'orphelinat !

Il n'y a pas si longtemps, l'été lui paraissait long. À présent, la canicule s'est abattue sur l'île, le varech se décompose dans les baies et les oisillons marins sont déjà grands. Autant de signes annonciateurs de la fin de la période estivale. Et après…

Si elle demandait à Carita Borg de l'aider ? Peut-être accepterait-elle de la loger si elle se chargeait de tenir sa maison et de s'occuper de Pablo ? D'autant plus que, de toute évidence, le petit la préfère à Mlle Greta. Il lui fait des sourires et se met à gazouiller dès qu'il la voit.

Mlle Greta n'aime pas que Nelli le sorte de son landau si ce n'est pas l'heure de le langer ou de lui donner son biberon. Mais Nelli ne peut pas s'empêcher de le prendre quand il est réveillé et, en général, Carita lui donne son accord en faisant remarquer à la nurse :

– Les enfants aiment les enfants. Vous voyez bien qu'il est heureux !

– Il va être trop gâté, réplique Mlle Greta. Vous aurez des problèmes plus tard. Il faut aussi s'assurer que Nelli s'est bien lavé les mains. Les nourrissons sont très sensibles aux infections.

Malgré ses efforts, Nelli n'arrive pas à se transformer totalement en une petite fille sage et travailleuse. Elle a besoin de courir et de nager pour dépenser son trop-plein d'énergie.

Dans une étroite vallée située sur une langue de terre à l'accès difficile, Nelli et Sonia ont repéré une vieille maison de pêcheurs. La toiture est partiellement effondrée, les ronces et les orties ont pris possession des lieux mais un petit chemin, récemment tracé, mène jusqu'à sa porte qui ne tient plus qu'à une seule charnière.

Dans la cuisine en terre battue, sont installées une table et une banquette. Il y a aussi un foyer et les restes d'un four à pain. L'unique fenêtre n'est plus qu'un trou béant.

La vallée débouche sur une petite baie où une barque en mauvais état est attachée à un ponton délabré.

Au large de cette langue de terre se dresse un rocher, « Måseskäret », le rocher aux Mouettes, rebaptisé « Tyskeskäret », le rocher à l'Allemand depuis que le corps d'un Allemand y a échoué, au printemps dernier. Quelques garçons, partis poser des filets, l'ont retrouvé. Il est maintenant enterré au cimetière de l'île.

La maison abandonnée est devenue le lieu secret où Nelli et Sonia aiment se retirer pour être tranquilles et pour jouer. Elles ont nettoyé la table et la banquette, elles ont rempli une vieille boîte de conserve de fleurs des champs qui, à leur regret, ont mal supporté l'eau salée et se sont fanées rapidement. Elles ont trouvé deux tasses à café ébréchées et quelques morceaux de poterie qui leur servent d'assiettes. Elles sont évidemment trop grandes pour ce genre de jeux, mais cette maison les renvoie à leurs souvenirs d'enfance.

Elles n'en ont parlé à personne. Même pas à Elsa.

– Toi, tu pourras y habiter plus tard, suggère Sonia, et moi je t'apporterai à manger comme la femme dans le feuilleton.

Elles viennent de lire l'histoire d'une femme qui cache un homme dans une maison au fond de la forêt. L'homme est recherché pour meurtre mais la femme est convaincue de son innocence.

– Notre maison n'a pas de toit, fait remarquer Nelli. Celle du feuilleton était en meilleur état. J'aurai trop froid en hiver.

– On va la réparer !

– Comment ?

– Il nous faut des planches, des cartons et des tuiles pour faire une bonne toiture.

– Impossible, soupire Nelli. On ne pourra même pas transporter le matériel jusqu'ici.

Mais Sonia poursuit son idée.

– Je ferai semblant de te cacher. Je t'apporterai de la nourriture et des couvertures et je brouillerai les pistes pour qu'on ne te retrouve pas.

Soudain, elles perçoivent un bruit venant des broussailles près de la maison.

– Qu'est-ce que c'est ?

Les filles s'approchent de la porte.

– Hé ho ! Il y a quelqu'un ?

Encore un bruit de feuilles froissées.

– Allez, montrez-vous !

La tête de John surgit d'un petit bosquet. Nelli est furieuse.

– Qu'est-ce que tu fais là ? Comment as-tu osé nous suivre ? Tu n'as pas le droit de venir ici !

– Et vous, qu'est-ce que vous faites ? demande John, l'air détaché comme s'il n'avait pas remarqué la colère de Nelli. Je peux jouer avec vous ?

Si Nelli interdit à John de rester, il ira forcément se plaindre auprès de tante Alma, alors autant qu'il se joigne à elles.

– On joue à la maman et au papa. Tu peux être le papa, si tu veux.

John accepte avec sérieux.

– Il doit faire quoi, le papa ?

– Pêcher, répond Nelli. Tu sais bien que tous les pères pêchent. Il y a même un bateau pour toi.

Sonia lance un regard affolé à Nelli. La vieille barque n'est pas en état de naviguer et John vient tout juste d'apprendre à nager.

– Suis-moi, dit Nelli, je vais te montrer.

En file indienne, les trois enfants descendent le sentier jusqu'à l'eau, Nelli en tête.

Les filles ont vérifié la solidité du ponton mais elles n'ont pas encore examiné le bateau.

– Le voilà.

Malgré sa vétusté, la barque semble flotter et John ne pèse pas lourd.

– Il n'y a qu'une seule rame, constate-t-il.

– Tu t'en serviras pour pousser. La baie n'est pas profonde.

– Maman m'a défendu de sortir seul en bateau, dit John.

– Tu ne vas pas naviguer pour de vrai, ce n'est qu'un jeu et ça ne compte pas. Attention, je largue les amarres.

Nelli défait la corde rongée par le temps.

– Nelli, tu vas vraiment… ? s'inquiète Sonia.

– Ne t'en fais pas, il n'ira pas bien loin.

– Bonne chance, John ! Ramène-nous du poisson pour le dîner ! lui recommande Nelli en lançant la corde vers l'avant du bateau.

21

Nelli remonte jusqu'à la petite maison, suivie de Sonia. Elles disposent les « assiettes » sur la table et font semblant d'allumer un feu dans le foyer.

Un grondement dans le lointain attire l'attention de Nelli. Par la fenêtre, elle voit s'amonceler de gros nuages noirs.

– Le temps se gâte, constate-t-elle.

Quelques minutes plus tard, une pluie diluvienne se déverse sur la côte, obligeant les deux filles à se mettre dans un coin de la pièce pour pouvoir s'abriter sous la toiture, enfin ce qu'il en reste. Les gouttes crépitent contre les tuiles.

– Je suis trempée, se plaint Sonia.

John ! Nelli a totalement oublié John ! Il est tout seul dans le bateau !

– Il faut aller chercher John ! s'écrie-t-elle.

Les deux filles foncent en direction du ponton. Elles avancent tant bien que mal dans l'herbe détrempée, les cheveux dégoulinants et les vêtements collant le long de leur corps.

– John ! John !

Finalement, elles le voient, debout à l'avant de la barque, s'efforçant de l'empêcher de partir à la dérive. En vain. Il s'est déjà éloigné de la côte et l'eau est trop profonde pour qu'il puisse prendre appui avec la rame.

– Nelli ! hurle-t-il. Je n'y arrive pas ! Il y a trop d'eau !

Le vent souffle en bourrasques projetant des paquets de pluie sur le visage des deux filles.

– John ! Ne bouge pas, j'arrive ! crie Nelli.

Elle longe la baie en enjambant les rochers. Elle glisse, trébuche, se relève et continue de courir jusqu'à ce qu'il ne soit plus possible d'avancer. Le bateau est encore à dix, peut-être à quinze mètres d'elle.

– Lance la corde ! crie-t-elle.

John essaie mais ne réussit pas à atteindre Nelli.

– Recommence !

Il fait plusieurs tentatives tout en pleurant et en grelottant de froid.

– Nelli, je n'y arrive pas et le bateau coule !

En effet, la barque prend l'eau de tous les côtés et sombre à vue d'œil. Nelli décide de plonger.

Ses vêtements lui entravent les jambes, ses chaussures pèsent une tonne. Elle finit cependant par arriver jusqu'au bateau mais elle a beau déployer toutes ses forces, il lui est impossible de le déplacer.

– Je ne peux pas, souffle-t-elle, il faut que tu viennes dans l'eau avec moi. On va regagner la côte ensemble. Je t'aiderai.

– Non ! crie John. Non !

Lentement et maladroitement, il se met cependant à déboutonner sa chemise de ses doigts engourdis.

– Garde tes vêtements et saute immédiatement !

John s'assied sur le plat-bord, qui maintenant dépasse à peine la surface de la mer, et se laisse glisser. Ça va soudain à toute vitesse et Nelli n'arrive pas à l'attraper à temps pour l'empêcher d'avoir la tête sous l'eau. Quand elle essaie de le tirer vers elle, il hurle et lutte pour se dégager.

– Arrête ! dit-elle. Si tu veux que je t'aide, tu dois rester tranquille.

Nelli et Sonia ont eu des cours de sauvetage à l'école, mais « sauver » une amie qui fait semblant d'être en difficulté n'a rien à voir avec la réalité. Pris de panique, John se débat de toutes ses forces.

– Si tu ne te calmes pas, on va se noyer tous les deux !

John finit par entendre raison. Nelli le tourne sur le dos, l'attrape sous les bras et se met à nager en le traînant jusqu'aux rochers qui forment la pointe de la langue de terre, mais ils sont trop glissants et ne lui offrent aucune prise. Elle décide alors de se diriger vers la baie où normalement elle va rapidement avoir pied.

Depuis la plage, Sonia suit le combat de Nelli et se propose de lui venir en aide. Au même moment, Nelli s'aperçoit avec soulagement qu'elle a pied.

– Ce n'est pas la peine, crie-t-elle. Maintenant ça va aller.

De l'eau jusqu'au menton, elle avance en traînant John jusqu'à ce qu'il arrive, lui aussi, à se mettre debout. La barque, au loin, est alors à peine visible.

– Ça y est, elle coule, constate John.

Assise sur une pierre, épuisée et trempée jusqu'aux

os, Nelli prend lentement conscience de ce qui vient de se passer. Elle a sauvé John, mais elle a aussi failli le tuer.

– John, dit-elle. Ne dis rien à ta mère. Elle serait furieuse contre moi. Tu comprends ?

– Alors, qu'est-ce que je vais lui raconter ?

– Dis-lui que nous avons joué sur les rochers et que tu es tombé. Et que je t'ai sorti de l'eau. D'accord ? Tu promets ?

John opine de la tête tout en enlevant un bout d'algue de son genou.

– C'est l'Allemand qui a cherché à me noyer, dit-il, et ça, je vais le dire à ma mère.

– Tu racontes des bêtises. L'Allemand est mort et enterré, il ne peut pas te faire de mal. Tu lui diras juste que tu as glissé.

Sonia éclate en sanglots.

– Je ne veux plus jamais revenir ici, dit-elle. Plus jamais !

– Mais ça s'est bien terminé, fait remarquer Nelli. Ce que tu peux être trouillarde !

John est fidèle à sa promesse. Il explique à tante Alma qu'il a glissé sur un rocher mouillé – « on aurait dit que quelqu'un l'avait savonné » –, qu'il est tombé dans l'eau et qu'il s'en est sorti grâce à Nelli qui est venue le chercher à la nage.

– À la nage ? Mais tu es tombé du bord ?

– Les vagues m'ont entraîné et il a fallu qu'elle m'aide à rejoindre la plage parce que les rochers étaient trop glissants.

Nelli et John, emmitouflés dans des couvertures, sont attablés dans la cuisine avec un verre de lait chaud. Leurs vêtements mouillés sont accrochés au-dessus de la cuisinière.

– Je te suis tellement reconnaissante, Nelli, dit tante Alma, tu as été si courageuse !

– John aurait pu se noyer, fait remarquer Elsa.

D'une main, tante Alma serre John sur son cœur, de l'autre elle caresse la joue de Nelli.

Nelli ne dit rien. Elle a honte.

22

Steffi déborde d'enthousiasme à l'idée d'aller à Uddevalla à vélo. Elle a enfin un moyen d'agir après cette longue attente passive. Même le télégramme qui lui parvient de Prague n'arrive pas à la décourager.

Anton Steiner not in our records. Jewish Community Praha.

La Communauté juive de Prague n'a aucune information concernant son père. Mais cela ne signifie pas que la situation est désespérée. Il se peut très bien qu'il se trouve à un endroit beaucoup plus proche, se console-t-elle.

Sven la soutient dans sa décision. Il se propose même de l'accompagner à Uddevalla, ce que Steffi décline par égard pour Judith.

– Elle pourrait se sentir exclue, explique-t-elle. Il vaut mieux que nous y allions seules.

C'est un argument que Sven respecte. Il se procure un sac de couchage supplémentaire pour Judith et donne des instructions à Steffi sur la manière de monter la tente.

En revanche, tante Marta exprime ouvertement sa réticence lorsque Steffi va chercher son vélo sur l'île.

– Tu es certaine d'avoir la force d'aller jusqu'à Uddevalla ? demande-t-elle. Ce n'est pas tout près. Il serait mieux, me semble-t-il, de vous renseigner d'abord par écrit.

Steffi y a déjà pensé mais elle préfère aller voir de ses propres yeux. Même si elle ne trouve pas son père, elle rencontrera peut-être quelqu'un qui pourra la renseigner.

– C'est toi qui décides, concède tante Marta. Tu n'es plus une gamine imprudente comme quand tu étais petite et que tu avais essayé de traverser à pied la mer gelée. Mais deux jeunes filles seules sur les routes, ce n'est pas très raisonnable. Faites bien attention à vous !

Lors de son premier hiver sur l'île, Steffi avait voulu profiter de la glace pour se rendre à Göteborg. Son but était de demander aux autorités suédoises de l'aider à faire venir ses parents. Pendant très longtemps elle a gardé pour elle cette aventure qui avait failli mal se terminer et ce n'est que l'hiver dernier qu'elle s'est résolue à la raconter à tante Marta.

Steffi promet de faire attention, mais sans bien savoir comment s'y prendre pour tenir sa promesse.

Pour le moment, elle ne veut pas donner de faux espoirs à Nelli et préfère ne rien lui dire. Si jamais elle retrouve leur père, elle y retournera plus tard avec elle, par le train.

D'ailleurs, pour le moment Nelli a l'esprit ailleurs.

– Je suis modèle, dit-elle avec fierté.

– Modèle ?

Steffi pense immédiatement à Irène et à ce que Sven lui a raconté la concernant.

– J'espère que tu gardes tes vêtements, s'inquiète-t-elle.

– Ce que tu peux être bête ! rétorque Nelli. Je porte ma robe à fleurs et je tiens une poupée dans les bras à la place de Pablo, le petit garçon de Carita. Je te montrerai le tableau quand elle l'aura terminé. Je vais lui demander si tu peux venir avec moi à son vernissage. Tu sais ce que c'est un vernissage ?

– Oui, évidemment.

Steffi regrette sa réponse en voyant la déception de Nelli. Elle aurait dû lui laisser le plaisir de l'expliquer.

– Je vais lui poser la question, reprend Nelli, mais je ne sais pas si ce sera possible. C'est réservé aux invités, tu comprends.

Steffi et Judith commencent leur voyage le samedi après-midi. La tente est attachée sur le porte-bagages de Steffi, les deux sacs de couchage sur celui de Judith. Elles ont aussi chacune une sacoche, prêtées par une des collègues de Judith, contenant une brosse à dents, un savon, un pull chaud, des sous-vêtements propres et de quoi pique-niquer.

Les cheveux au vent, elles traversent le pont de Göta Älv. Il fait chaud, mais lorsqu'elles descendent la côte et passent à l'ombre des immeubles de Hisingen, une légère brise leur apporte une fraîcheur agréable. Les habitations se font progressivement plus rares pour bientôt laisser place à la campagne.

À leur droite, le paysage devient vallonné avec

des champs fleuris s'étendant jusqu'à la rivière. À leur gauche, se dresse une forêt sombre et imposante qui s'ouvre par-ci par-là sur des clairières où sont construites une villa ou une ferme.

Elles s'arrêtent bientôt à une des fermes pour se reposer. Une femme aimable qui est en train de nourrir ses poules les autorise à prendre de l'eau à la pompe. Elle a visiblement envie d'en savoir plus sur leur voyage.

– Où allez-vous comme ça, mesdemoiselles ?

– À Uddevalla, répond Steffi.

– Ce n'est pas la porte à côté mais je vois que vous avez apporté une tente. J'imagine que c'est le bord de mer et les baignades qui vous attirent ?

Judith confirme par un hochement de tête avant que Steffi n'ait eu le temps de répondre.

– Vous avez de la chance, continue la fermière. Moi, je n'ai jamais de vacances contrairement à vous, les gens de la ville.

– Merci pour l'eau, l'interrompt Judith. Il faut que nous reprenions notre route.

– Qu'est-ce qui t'a pris ? s'étonne Steffi quand elles sont de nouveau sur leurs vélos. Pourquoi as-tu été aussi sèche ?

– Elle était trop curieuse ! Pourquoi nous a-t-elle posé autant de questions ?

Au bout de quelque temps, elles perçoivent, en haut d'une colline, les vestiges de la forteresse de Bohus. À Kungälv, elles sont accueillies par l'odeur alléchante de la biscuiterie.

– Ça donne faim, dit Steffi. Tu ne veux pas qu'on s'arrête pour manger ?

– D'accord.

– Elles repèrent un endroit agréable au bord d'un lac où elles s'installent pour pique-niquer. Le soleil darde ses rayons, les mouches volent autour d'elles. Steffi a envie de piquer une tête.

– Et si on se baignait ? propose-t-elle.

– Ça ne me dit rien. Je ne sais pas nager.

– Ce n'est sûrement pas très profond. Allons voir !

Pour ne pas être gênées par les roseaux qui poussent à la lisière de l'eau, elles décident de se baigner depuis un ponton.

Elles n'ont ni maillots ni serviettes, mais comme il n'y a personne, elles se baignent nues et se rhabillent sans se sécher. Les vêtements collent sur leur peau humide, ce qui est plutôt agréable quand il fait une telle chaleur.

Le pique-nique est délicieux. Mme Karlsson leur a préparé des œufs durs, des sandwichs au fromage et au saucisson. Elle a aussi rempli de café la bouteille thermos rouge qu'utilise le père de Maj quand il va travailler. Steffi serait capable de tout manger mais elle doit être raisonnable. Il faut en garder un peu pour le soir.

À partir de Kode, la route longe le chemin de fer. À un moment donné, un train de marchandises les dépasse dans un vacarme assourdissant. Arrivées en haut d'une côte, elles devinent la mer et, peu avant l'agglomération de Stenungsund, l'horizon se dégage entièrement. La route borde maintenant l'eau.

Elles sont encore loin de leur destination bien qu'elles pédalent depuis des heures. La fatigue commence à se faire sentir et lorsqu'une nouvelle côte se présente, elles descendent toutes les deux de leur vélo.

– On la monte à pied, tu es d'accord ?

Steffi transpire abondamment. La fraîcheur de la baignade est depuis longtemps oubliée.

Judith acquiesce.

À chaque fois qu'elles pensent être proches du sommet, elles s'aperçoivent qu'il est encore loin.

Auront-elles réellement la force d'aller jusqu'au bout ? Steffi commence à regretter de ne pas avoir pris le train. Le billet valait largement son prix.

Après avoir vaincu également cette côte, elles sont récompensées par une longue descente. La route avance ensuite à l'ombre de grands sapins qui petit à petit s'espacent pour leur offrir une belle vue sur une vallée où paissent des vaches et des veaux.

Bien que le soleil soit encore haut dans le ciel, une certaine fraîcheur annonce la fin de la journée. L'air est plus facile à respirer et le pédalage moins dur. À la plage de Ljungskile, bordée de collines escarpées, elles s'arrêtent un moment pour patauger dans l'eau. Il y a trop de monde pour se baigner sans maillot.

Steffi a mal aux jambes et au dos. En voyant apparaître le bâtiment en brique rouge, elle examine la carte et constate avec soulagement que c'est la gare de Grohed, la dernière avant Uddevalla. La fin de leur voyage approche.

Le bout de chemin qui leur reste à faire est sinueux comme dans les Alpes et serpente en haut d'une falaise. En contrebas, derrière le dernier tournant, elles découvrent enfin Uddevalla.

– On monte notre tente ici, propose Steffi, et demain matin, nous descendrons dans la ville.

– Jamais je n'aurais pensé que c'était aussi loin, dit Judith, le visage pâle et creusé par l'effort.

– Moi non plus !

Une fois la tente montée, elles ont à peine la force de terminer leur pique-nique.

23

À peine se sont-elles glissées dans leurs sacs de couchage que la pluie se met à tomber. Les gouttes crépitent contre la tente et la lumière verdâtre filtrée par la toile devient progressivement plus faible et cède la place à l'obscurité.

– Alors, raconte, dit Judith.

– Quoi donc ?

– Pour commencer, tu peux me dire qui t'a prêté la tente et les sacs de couchage ?

– Je te l'ai déjà dit.

– « Un vieil ami. » Il s'appelle comment ?

S'il faut dire la vérité, c'est maintenant ou jamais. Steffi sait bien qu'un petit mensonge en entraînerait un autre et ainsi de suite. Elle garde en mémoire cette histoire compliquée dans laquelle elle s'était empêtrée au lycée lorsqu'elle avait voulu faire croire à Harriet et à Liliane, ses camarades de classe, qu'elle sortait avec Sven. Alors pourquoi le nier, maintenant que c'est vrai ?

D'autant plus que cette obscurité sous la tente est parfaite, elles se voient à peine.

– Il s'appelle Sven et c'est un vieil ami, enfin… depuis quelque temps… il est plus que ça.

– Tu es amoureuse de lui ?

– Oui.

– Et lui ?

– Lui aussi, je crois.

Elles ne disent plus rien. Steffi entend son amie bouger dans son sac de couchage. Elle sent son visage tout près du sien quand Judith lui demande :

– Il est juif, j'espère ?

– Non. C'est le fils de la famille qui m'a hébergée quand je suis arrivée à Göteborg.

– Du médecin et de cette femme horrible ?

– Oui. Mais Sven ne leur ressemble pas du tout. Il a du mal à les supporter, lui aussi.

– Comment peux-tu ? Un *goy* ! Après tout ce que nous avons vécu.

– Que veux-tu dire ?

– Les Allemands ont assassiné plusieurs millions de Juifs. Tu ne trouves pas que c'est notre devoir de faire ce que nous pouvons pour que notre peuple continue de vivre ?

Le ton de Judith est accusateur. Elle s'est assise, le dos appuyé contre la tente, les genoux remontés devant elle.

– Selon toi, je devrais donc épouser un Juif et mettre des enfants juifs au monde ?

– Oui, absolument.

– Des enfants juifs, des enfants aryens – quelle importance ?

– Comment pourrons-nous perpétuer notre mémoire si nous devenons comme les autres ?

« La mémoire. La mémoire de maman vivra tant que Nelli et moi existerons, se dit Steffi. Et si un jour j'ai des enfants, je leur montrerai des photos et je leur parlerai de leur grand-mère pour qu'elle continue de vivre à travers eux. Que leur père soit juif ou non. »

– Je l'aime, dit Steffi, tel qu'il est et c'est la seule chose qui compte pour moi.

– Alors, tu te fiches de nos origines ?

– Oui.

– Je ne te comprends pas. Moi, j'aurais l'impression de piétiner tout ce que mes parents m'ont donné quand j'étais enfant.

– Tu sais bien que nous n'étions pas pratiquants dans ma famille. Mes parents seraient heureux pour moi s'ils savaient que j'aime quelqu'un qui m'aime en retour.

– Et quand tu penses à tous les morts ?

– J'ai autant de chagrin pour eux que toi, mais je ne peux rien faire pour eux.

Nous sommes si différentes, dit Judith. Parfois je ne te comprends pas du tout. Et pourtant…

Elle s'interrompt.

– Quoi ?

– Et pourtant je t'aime beaucoup, Steffi.

– Moi aussi, bien que tu sois une vraie tête de mule.

Elles éclatent de rire, d'un rire qui rompt la tension qui s'était installée entre elles. Puis elles se rapprochent l'une de l'autre et s'endorment.

Le matin, le soleil réapparaît. Judith et Steffi mettent la tente à sécher sur une branche le temps de ramasser leurs affaires mais elle est encore humide quand elles sont prêtes à partir.

– J'ai une faim de loup ! se plaint Judith. Je pourrais avaler deux assiettes de bouillie d'avoine et Dieu sait que je déteste ça.

– On trouvera bien un café ouvert sur le chemin.

Elles descendent la côte vers la ville. La pluie a rendu l'air frais et agréable à respirer. Les rues sont encore pratiquement vides.

Elles voient un café qui propose des petits déjeuners et s'arrêtent.

– Tiens, ils ont de la bouillie d'avoine, dit Steffi. Veux-tu que j'en commande une double ration ?

– Je préférerais une tartine.

La serveuse les regarde avec curiosité quand elle s'aperçoit qu'elles se parlent en allemand.

– Vous venez de Margretegärde, n'est-ce pas ? demande-t-elle.

Steffi sait que c'est le nom de l'école dont les locaux servent actuellement à accueillir les blessés de guerre.

– Non, mais c'est là que nous nous rendons.

– C'est bien ce que je pensais, dit la femme. Les rescapés ne peuvent pas se promener comme bon leur semble.

Steffi et Judith commandent deux cafés et deux tartines au fromage avant de s'attabler près de la fenêtre. La serveuse disparaît derrière un rideau qui sépare la salle de la cuisine et revient au bout d'un moment avec un plateau chargé de deux tasses de café et de quatre gigantesques tartines au fromage.

– Excusez-moi, nous n'avons commandé que deux tartines, fait remarquer Steffi.

– Vous aviez l'air si affamées, mais si vous ne les voulez pas, vous pouvez les donner aux pauvres malheureux à qui vous allez rendre visite. C'est moi qui offre.

Steffi et Judith mangent leur tartine et demandent un sac en papier pour emporter les deux autres. La serveuse refuse de se faire payer.

– C'est très gentil, merci beaucoup !

– Je vous en prie, ce n'est rien du tout.

– Alors, tu vois qu'il y a des Suédois qui sont bien, fait remarquer Steffi quand elles se retrouvent dans la rue.

– Oui, c'est vrai, admet Judith.

La serveuse leur a expliqué comment se rendre à l'école de Margretegärde dans le centre de la ville.

C'est un bâtiment de trois étages en brique marron situé en bordure d'un joli parc avec une sculpture placée au centre d'une fontaine. Ses grandes fenêtres sombres respirent la tristesse. Sa cour est délimitée par une barrière en fer forgé doublée d'une clôture en fil de fer barbelé haute d'environ deux mètres. Une pancarte attachée au portail, qui est également entouré de fil de fer barbelé, informe les deux filles :

LIEU PROTÉGÉ. ENTRÉE INTERDITE
SOUS PEINE D'AMENDE

Des silhouettes grises se meuvent dans la cour recouverte de gravier. D'autres se tiennent à l'ombre d'un bosquet qui constitue le seul point de verdure contrastant avec les plates-bandes fleuries et les pelouses bien entretenues du parc.

– Allons voir les gens sous les arbres, ils nous expliqueront peut-être comment faire pour entrer, suggère Steffi.

Les deux filles longent la barrière pour s'approcher d'un petit groupe composé de cinq hommes. Ils ont tous une cigarette à la main. Au départ, Steffi les prend pour des vieillards fatigués, mais vus de près, elle s'aperçoit que ce sont des jeunes de son âge. La peau de leur visage décharné est jaunâtre. Ils bougent lentement comme pour ménager leurs forces.

L'un d'entre eux aperçoit les deux filles et leur dit quelque chose que Steffi ne comprend pas. Judith s'approche et répond en yiddish. Le garçon lui fait un large sourire. Il n'a plus une seule dent dans la bouche.

– Que dit-il ?

– Il dit que si nous lui procurons un paquet de cigarettes américaines, nous pourrons tout lui demander.

– Demande-lui comment faire pour passer de l'autre côté de la clôture. Ou s'il connaît nos familles.

Judith se tourne de nouveau vers le garçon et lui parle longuement. Steffi entend le nom de son père, ceux des parents et de la sœur de Judith. Le garçon l'écoute, l'air grave. Puis il appelle ses camarades qui se mettent à discuter en faisant de grands gestes.

– Ils viennent de Belsen, traduit Judith, mais ils sont passés par différents camps avant d'arriver ici. Comme ils ont tout de suite été séparés des femmes, ils n'ont aucune information les concernant, même pas de leur mère ou de leurs sœurs. Ils n'ont pas entendu parler de ton père ni du mien, mais ils vont se renseigner auprès des autres. Ils reviennent nous voir dans environ une heure.

– Que se passe-t-il ici ?

Une grande femme en uniforme d'infirmière surgit.

– Vous n'êtes pas au courant que ce lieu est protégé ? J'espère que vous ne leur avez rien donné à manger ? Ils ne le supporteraient pas, leur ventre est trop fragile. Ne restez pas là, ce n'est pas un spectacle pour vous. Rentrez chez vous.

– Nous recherchons nos familles, explique Steffi au bord des larmes, s'il vous plaît, laissez-nous entrer.

– Je n'ai le droit de faire entrer personne, répond l'infirmière avec sévérité. C'est à cause des risques de contamination. Certains souffrent de maladies contagieuses.

– Nous arrivons de Göteborg et avons fait tout le chemin à vélo, dit Steffi d'une voix tremblante.

– Alors, qui cherchez-vous ?

– Mon père. Anton Steiner. Et les parents et la sœur de Judith. Ils s'appellent Liebermann.

L'infirmière sort un bloc-notes et un stylo de la poche de son tablier.

– Tenez. Marquez les noms sur ce papier et je vais vérifier s'ils sont ici.

Anton Steiner, écrit Steffi. *Chaim Liebermann. Rivka Liebermann. Édith Liebermann.*

Elle lui rend ensuite le bloc-notes et le stylo à travers la clôture.

– Merci.

– Attendez-moi, dit l'infirmière, je reviens tout de suite. Surtout, ne donnez rien aux garçons. Ils ont ce dont ils ont besoin.

24

L'infirmière retourne dans le bâtiment et les jeunes hommes se retirent. Les deux filles sont de nouveau seules. Le cœur de Steffi cogne dans sa poitrine. Elle prend la main de Judith.

Une minute passe, puis deux, puis cinq, puis dix...

Au bout d'un quart d'heure, l'infirmière revient. Judith murmure quelque chose en yiddish – ou peut-être en hébreu – en serrant la main de Steffi tellement fort qu'elle lui fait mal.

De derrière la clôture, l'infirmière leur annonce le résultat de sa démarche.

– J'ai cherché dans nos registres, dit-elle, j'ai aussi téléphoné à l'hôpital Vasa à Göteborg et à celui de Mölndal qui ont également reçu des gens du même convoi. Mais vous le saviez, peut-être ?

Steffi fait non de la tête.

– Je n'ai retrouvé qu'une seule des personnes que vous cherchez, poursuit-elle.

Qui ? Ni Steffi ni Judith n'arrivent à prononcer le mot qui reste suspendu à leurs lèvres. Qui ?

– Ça doit être ta sœur, dit-elle en s'adressant à Judith. Édith Liebermann.

Le visage de Judith s'illumine.

– Elle est ici ?

– Oui, elle est ici.

– Je peux la voir ?

– Je me suis renseignée auprès du médecin-chef qui estime que nous devons faire une exception compte tenu de la situation. Ton amie peut t'accompagner. Mais il faut que tu me promettes de ne pas toucher ta sœur. Elle est tuberculeuse. Et trop d'émotion ne serait pas bon pour elle. Allez au portail, je vais vous ouvrir.

Judith part en courant, suivie de Steffi qui aurait tellement voulu que son père soit là, lui aussi. Mais elle est heureuse pour son amie.

Judith trépigne d'impatience.

L'intérieur du bâtiment est moins austère que l'extérieur. Mais si la cage d'escalier et les couloirs sont clairs et spacieux, les personnes qu'elles croisent offrent un spectacle tragique. Manifestement, les garçons qu'elles ont vus dans la cour font partie de ceux qui se portent le mieux. Comment est-ce possible que des gens qui n'ont plus que la peau sur les os soient encore du monde des vivants ?

Dans un couloir, elles rencontrent un petit garçon qui ne peut pas avoir plus de douze ans. L'âge de Nelli. Son visage est tellement maigre que ses yeux paraissent immenses. Il adresse un sourire à Steffi.

L'infirmière ouvre la porte d'une des salles de classe transformée en dortoir avec six lits alignés de chaque côté de la pièce. Il y a des rideaux blancs et des fleurs sur le rebord des fenêtres.

Quelques lits sont encore vides. Les autres sont occupés par des êtres humains dont les têtes rasées rendent l'identification difficile. Ce sont des femmes, mais on a du mal à le voir. Leurs corps maigres flottent dans des chemises beaucoup trop grandes pour elles.

– Ta sœur est dans le deuxième lit à droite, dit l'infirmière à Judith.

Steffi reste sur le seuil, elle se sent de trop. Elle voit que le visage sur l'oreiller se remet à vivre quand Judith s'approche. Elle l'entend murmurer :

– Judi !

– Édi, Édi !

Steffi n'a jamais entendu son amie s'exprimer d'une voix aussi douce, presque enfantine.

L'infirmière installe une chaise près du lit et les deux sœurs se mettent à parler en yiddish à voix basse. Judith pose une question dont la réponse la fait pleurer. Édith tend sa main pour la consoler, mais l'infirmière intervient pour l'en empêcher. Il ne faut aucun contact physique.

Au bout d'un moment, Judith se tourne vers Steffi.

– Viens, dit-elle. Viens dire bonjour à Édith.

Steffi sait qu'Édith est à peine plus âgée qu'elle, or le visage sur l'oreiller est celui d'une vieille femme. Avec son crâne rasé et ses joues décharnées, elle a quelque chose d'un oisillon. Son corps est d'une maigreur indescriptible. Steffi a du mal à la regarder.

Judith raconte à Édith comment Steffi et elle se sont rencontrées dans le tram deux ans auparavant et qu'elle a reconnu Steffi de l'École juive de Vienne.

– C'est ma meilleure amie, explique-t-elle. Si nous sommes ici, c'est grâce à elle. C'est elle qui a eu l'idée de partir à vélo pour essayer de vous retrouver, toi et nos parents.

Édith esquisse un petit sourire.

– Et toi, qui cherches-tu ? demande-t-elle en allemand à Steffi.

– Mon père.

– Personne d'autre ?

– Ma mère est morte à Theresienstadt. Ma sœur est ici en Suède avec moi.

– Maintenant, il va falloir que vous partiez, annonce l'infirmière. Édith est très faible et ne doit pas se fatiguer.

– Quand pourrai-je revenir ? demande Judith.

– Les visites sont interdites à cause du risque de contamination. Mais je vais demander au chef de service de te donner une autorisation écrite. Ça va faire du bien à Édith de savoir que tu reviendras.

– Il ne serait pas possible de la transporter à l'hôpital de Göteborg ? Ça me permettrait d'aller la voir tous les jours.

– Je vais me renseigner, mais je crains que ce soit impossible. Tous les lits dans les hôpitaux réquisitionnés pour les rescapés sont occupés et déplacer un malade comporte toujours des risques.

L'infirmière les raccompagne à la sortie. Le jeune homme avec qui Steffi et Judith ont parlé dans la cour tout à l'heure les rattrape dans l'escalier. Il s'adresse à elles en yiddish.

Judith se tourne vers Steffi

– Il dit qu'il a trouvé quelqu'un qui connaît ton père. Il veut que nous le suivions.

Steffi explique la situation à l'infirmière qui opine de la tête et leur souhaite bonne chance.

Le garçon les conduit vers un homme qui se déplace avec des béquilles.

– Bonjour, dit Steffi.

– Bonjour, répond l'homme en allemand. Je m'appelle Adam Goldszmit. C'est toi la fille d'Anton Steiner ?

Le cœur de Steffi fait un bond. Il a vraiment l'air de connaître son père !

– Oui, je m'appelle Stéphanie.

– Ton père était quelqu'un de bien, dit l'homme.

Était ? Cela signifierait qu'il est mort ?

– Nous étions ensemble à Auschwitz, poursuit Adam Goldszmit. Je ne peux pas te raconter ce que nous y avons vécu, c'est impossible à exprimer avec des mots, mais sache que ton père m'a sauvé la vie quand je me suis blessé le pied. S'il ne m'avait pas aidé, je n'aurais pas pu travailler et on m'aurait gazé. Oui, c'était quelqu'un de bien.

Steffi aimerait lui poser des questions, savoir s'il sait où est son père maintenant mais ses lèvres sont sèches et les mots restent bloqués dans sa gorge.

– Nous avons marché jusqu'en Allemagne ensemble, reprend l'homme. Les Allemands ont vidé les camps lorsque les Russes se sont approchés. C'était en plein hiver, nous avons marché sans chaussures, sans nourriture et à peine vêtus.

L'homme se tait.

– Continuez, chuchote Steffi, s'il vous plaît, continuez !

– Nous avons dormi dans des fossés au bord de la route, dans des granges, dans des ruines. Quand je me suis réveillé, le matin du quatrième jour, ton père n'était plus là. Je ne l'ai jamais revu.

– Est-il… ?

– Je ne sais pas. Je prie Dieu pour qu'il soit encore en vie. Je ne peux rien te dire de plus.

Cela lui fait mal. Terriblement mal. Steffi imagine son père en haillons, marchant péniblement le long d'une route enneigée les pieds entourés de bouts de chiffons.

Pourquoi a-t-elle permis à cet homme de faire naître en elle un espoir qu'il lui a aussitôt ôté ? Pourquoi est-elle venue ici ? Elle aurait mieux fait d'attendre le retour des formulaires. Tant qu'elle ne savait rien, elle pouvait encore espérer.

Que va-t-elle dire à Nelli ?

Elle a si mal.

25

– Garde cette expression sur ton visage, dit Carita Borg.

– Laquelle ?

– Celle que tu avais tout à l'heure.

Nelli essaye de la retrouver sans y parvenir.

– Ne sois pas aussi tendue, dit Carita. Tu étais parfaite il y a quelques secondes. Te rappelles-tu à quoi tu pensais ?

Bien sûr qu'elle s'en souvient. Elle pensait à ce qui la préoccupe depuis quelque temps : ce qu'elle va devenir, où elle va aller…

– Oui.

– Dans ce cas, tu n'as qu'à y repenser.

Que se passerait-il si John disait la vérité à tante Alma concernant son accident ?

– Voilà ! C'est exactement ça !

Nelli ne doit pas regarder Carita. Elle doit garder les yeux tournés vers la poupée qui remplace Pablo et elle n'a pas le droit de sourire.

Elle n'a pas non plus le droit de voir le tableau.

Pas pour l'instant. Pas avant le vernissage en septembre. Carita veut que ce soit une surprise.

Son bras droit est engourdi.

– Veux-tu qu'on s'arrête un peu ?

– Oui, j'aimerais bien.

Nelli se lève, pose la poupée à côté d'elle et secoue son bras pour dissiper l'engourdissement. Carita attrape la carafe d'eau posée sur une table près du chevalet et remplit un verre qu'elle tend à Nelli.

– Tu as sûrement envie de sortir au soleil ?

– Non, j'aime bien poser pour vous.

– C'est étrange qu'une petite fille comme toi ait atterri dans ce coin perdu, dit Carita.

Nelli ne comprend pas très bien ce qu'elle veut dire par là.

– J'ai tout de suite vu que tu n'étais pas d'ici. Je ne parle pas seulement de la couleur de tes cheveux et de tes yeux. Il y a une aura autour de toi qui m'a fait comprendre que tu es faite de substances plus subtiles.

– Une aura ?

– L'atmosphère qui émane de toi. Tu as quelque chose d'éthéré, Nelli. Je ne devrais peut-être pas te le dire, mais c'est justement ce qui m'a donné envie de te peindre. On n'aurait pas dû t'envoyer ici. Toi, tu as besoin de vivre dans un milieu cultivé pour pouvoir développer ta singularité, les qualités qui te distinguent des autres.

Aura. Subtile. Éthéré. Cultivé. Singularité.

Nelli ne comprend pas le sens des mots mais elle le devine. Ce que vient de dire Carita confirme ses vieilles angoisses d'être différente.

Elle est différente. Elle n'est pas comme les autres.

C'est pour cela qu'ils ne veulent pas la garder ici.

– Une personne du genre de madame Lindberg est évidemment incapable de comprendre une enfant comme toi, poursuit Carita.

Nelli n'en peut plus.

– Tante Alma est la plus gentille personne du monde ! Elle a toujours été bonne avec moi. Elle est… elle est…

Sa voix se brise.

– Ma petite chérie, dit Carita. Calme-toi ! Mon intention n'était pas de critiquer madame Lindberg. Elle a certainement beaucoup de qualités. Je voulais seulement dire que…

– Assez ! crie Nelli. Ne dites plus rien !

Carita se tait. Elle fait le tour de la pièce, ramasse un tube de peinture, rectifie le tissu du fauteuil, remplit de nouveau le verre de Nelli et le lui tend.

– Tiens, bois de l'eau. Tu as la force de continuer encore un peu ?

– Oui.

Nelli se rassied et serre la poupée contre elle. Ses larmes ont séché mais son chagrin persiste.

– Oui ! s'exclame Carita. C'est exactement ça ! Cette expression !

« Steffi ne va pas tarder. »

Nelli répète ces mots tel un mantra.

« Steffi ne va pas tarder. » Et quand sa sœur sera là, tout ira mieux. Elle sera moins seule.

Elle a l'impression d'être déjà partie. Son corps

continue de fonctionner et d'agir de façon habituelle mais la vraie Nelli est ailleurs, elle a déjà quitté l'île.

Parfois, quand elle travaille avec tante Alma dans la cuisine, elle est prise d'une envie irrésistible de se jeter dans ses bras et de pleurer comme lorsqu'elle était petite. Mais elle ne peut plus le faire. Trop de secrets les séparent. Le secret de la décision prise par tante Alma et oncle Sigurd. Le secret de l'accident qui aurait pu mal se terminer.

Et le secret le plus sombre et le plus inavouable : Nelli ne peut pas s'empêcher de penser qu'elle aurait pu rester chez tante Alma et oncle Sigurd si John s'était réellement noyé. Il y aurait alors eu de la place pour elle.

– Tu es d'accord ? demande Sonia.

– Pour quoi faire ?

– Tu ne m'écoutes pas. Mais qu'est-ce que tu as ? Tu es si bizarre depuis quelque temps.

– Je n'ai pas entendu. Qu'est-ce que tu disais ?

– Je t'ai demandé si tu voulais qu'on aille à la maison abandonnée !

– Tu m'as bien dit que tu ne voulais plus jamais y retourner.

– Bof. Après tout, rien ne s'est passé. Et à présent plus d'une semaine s'est écoulée.

– Je ne sais pas… Non, je n'ai pas envie.

– Alors, on va se baigner.

– Pff… Si tu veux.

– Tu n'es pas marrante ! dit Sonia. Tu as changé. Tu n'as jamais envie de rien faire.

– Je t'ai dit que je voulais bien aller me baigner.

– « Pff… Si tu veux », la singe Sonia. Tu n'es pas

obligée d'y aller juste pour me faire plaisir, si c'est ce que tu penses. Je vais proposer à Ulla-Britt ou à Annie de m'accompagner à la place.

– Je me fiche de ce que tu fais. Tu n'as pas besoin de me tenir au courant.

– Très bien, conclut Sonia, alors j'y vais.

Elle descend du muret et va chercher son vélo.

Nelli ne bouge pas. Voilà qu'elle est brouillée avec Sonia. Sans raison, tout à fait inutilement.

Si elle avait répondu : « Bien sûr que j'ai envie d'aller me baigner. Allons-y ! » elle serait maintenant en route pour la plage avec Sonia. Mais son amie ne va pas tarder à s'y rendre avec Ulla-Britt, la cafteuse, ou avec Annie, au visage de cheval. Comment fait-elle pour fréquenter des filles comme ces deux-là ?

C'est parce que Sonia, Annie et Ulla-Britt sont comme on doit être. Elles sont comme tout le monde. Il n'y a que Nelli qui soit différente. Elle a une aura. Elle est éthérée. Elle est singulière. Elle se distingue des autres. Elle n'est pas chez elle ici. Elle n'a rien à faire ici. C'est pour cela qu'ils ne veulent pas la garder.

« Steffi ne va pas tarder », se dit-elle.

Mais cette idée ne la console pas.

26

Le lendemain du voyage à Uddevalla, Steffi est épuisée. Chaque muscle lui fait mal. Elle se traîne au travail et s'oblige à assurer ses tâches bien que son corps soit lourd comme du plomb.

Pas seulement son corps. Ses pensées sont tout aussi lourdes.

« Mort. Mort. Papa est mort. »

En allant au tram, elle s'arrête à une cabine téléphonique et compose le numéro de Sven. Elle laisse sonner longtemps et s'apprête à raccrocher quand elle entend sa voix.

– Söderberg.

– C'est Stéphanie.

– Comment ça s'est passé ?

– Judith a retrouvé sa sœur et moi j'ai rencontré un homme qui connaissait mon père. Il n'a pas voulu me le dire directement, mais j'ai compris qu'il est…

Elle ne peut pas se résoudre à prononcer le mot qui cogne dans sa tête depuis ce matin. Mais Sven a compris.

– Nous ne pouvons pas en parler au téléphone, dit-il. Tu ne veux pas venir chez moi ?

À peine a-t-il prononcé ces mots qu'il semble les regretter.

– Ou alors, nous pourrions nous retrouver dans un café ? Ça serait mieux, non ?

– Je préférerais aller chez toi.

– Il y a un désordre indescriptible, dit Sven. On pourrait…

– Aucune importance. J'arrive tout de suite.

– D'accord. Tu sais où j'habite ?

Il lui donne son adresse et commence à lui expliquer le chemin.

– Tu sembles avoir oublié que j'ai passé quelques mois chez Hedvig Björk qui vit dans le même quartier que toi.

– Alors, à tout à l'heure.

Elle change de tram à Järntorget, mais au lieu de prendre la correspondance pour Sandarna à l'ouest, elle va vers l'est, puis prend le bus jusqu'à Johanneberg.

Sven habite un immeuble récent de sept étages. Steffi repère son nom sur le tableau affiché près de la porte d'entrée et monte jusqu'au cinquième.

Au moment même où elle appuie sur la sonnette, il lui ouvre, comme s'il avait guetté l'arrivée de l'ascenseur. Il la prend dans ses bras et la serre contre lui tout en refermant la porte.

– Stéphanie, ma petite Stéphanie, murmure-t-il dans ses cheveux. Je suis tellement triste pour toi.

Ils restent ainsi enlacés un long moment. Puis

Steffi se libère de son étreinte et promène son regard autour d'elle.

C'est un petit studio. La kitchenette située à droite de l'entrée et le lit sont protégés des regards par un rideau.

– Entre, je t'en prie, dit Sven. Nous n'allons tout de même pas rester dans l'entrée. Tu veux quelque chose à boire ?

– Je veux bien un verre d'eau.

Sven la conduit dans la pièce et va ensuite lui chercher un verre d'eau.

Au milieu trône un grand bureau avec une machine à écrire verte entourée de livres, de journaux et d'un tas de papiers dont une partie est tombée par terre. Des livres s'entassent aussi à côté du bureau et sur des étagères qui tapissent un mur entier. Une petite table et l'unique fauteuil de la pièce croulent également sous des papiers et des journaux.

– Excuse-moi pour le désordre, dit Sven.

– Ça n'a pas d'importance.

Sven débarrasse le fauteuil et lui propose de s'asseoir, tandis qu'il s'installe lui-même en face d'elle sur la chaise du bureau.

– Allez, raconte.

Il lui tend le verre d'eau.

Steffi lui fait un résumé de ce qui s'est passé au cours du week-end, mais pas de sa conversation avec Judith sous la tente.

Sven l'écoute attentivement.

– Que ton père et cet homme se soient perdus de vue ne signifie pas nécessairement que ton père est mort, dit-il.

– Tu n'étais pas là, s'oppose Steffi. Tu ne l'as pas entendu. Je suis certaine qu'il savait que mon père n'est plus en vie.

Elle ne pleure pas. Depuis la mort de sa mère, elle n'a plus de larmes. Il ne lui en reste plus pour son père. Mais une douleur atroce, bien plus violente que ses courbatures, lui ronge la poitrine et la fait souffrir.

– Ma pauvre chérie. Pourquoi dois-tu subir tant de peine ? dit Sven en lui caressant les cheveux et les joues.

Steffi lui prend la main, la retourne et embrasse la paume.

Sven sursaute.

– Où as-tu appris à faire ça ? demande-t-il.

– Appris ?

– Excuse-moi. J'ai été surpris.

Steffi caresse son index avec ses lèvres, touche le bout de son doigt avec sa langue. Son corps est lourd et brûlant.

– Viens, dit-elle. Viens m'embrasser.

Sven approche sa chaise, prend son visage entre ses mains et l'embrasse.

– Encore.

Steffi lui caresse la nuque, leurs langues se touchent.

La bouche de Sven effleure le creux de son cou, découvrant l'amulette accrochée à sa chaîne en argent.

– Tu l'as donc gardée ? murmure-t-il.

– Bien sûr.

Un jour il y a longtemps, elle a pourtant voulu la jeter dans la mer.

Une chaleur brûlante envahit le corps de Steffi, anéantissant toute douleur. Elle conduit la tête de Sven vers son sein gauche.

Sven s'écarte brusquement, se lève et s'éloigne. Puis il se retourne et la regarde.

– J'aurais pu croire que tu étais en train de me séduire.

– Tu aurais eu raison.

Elle ne sait pas d'où lui viennent ces mots, ni le ton sur lequel elle les dit.

– Stéphanie, dit Sven. Je comprends que tu sois émue mais je ne veux pas que tu fasses une chose que tu pourrais regretter.

– Je n'aurais aucune raison de regretter puisque je t'aime.

– Tu es si jeune. Si innocente. Je ne veux pas détruire ce que tu es.

– Il y a quatre ans, tu me trouvais trop jeune pour un baiser. Je vais bientôt avoir dix-huit ans ! Quel âge dois-je avoir pour ne plus être trop jeune ?

– Tu n'as pas peur d'être enceinte ?

– Je ne suis pas naïve à ce point. Je sais comment me protéger.

Sven la regarde.

– Ne crois surtout pas que je ne veuille pas. Que je n'aie pas envie de toi. J'en rêve depuis le premier soir dans le Jardin botanique. Mais je ne veux pas te faire de mal, Stéphanie. Tu as assez souffert.

– Tu ne me fais pas de mal. Pas si tu m'aimes.

Il s'accroupit à côté d'elle et lui prend les mains.

– Oui, je t'aime. Mais pas de la même manière que toi. Je ne suis pas aussi fort que toi. Pas aussi entier.

Je suis lâche et faible, c'est pourquoi je fais du mal aux gens. Tu devrais aimer quelqu'un d'autre. Quelqu'un qui soit digne de toi.

– Tu es digne de moi, chuchote-t-elle. Mais si nous ne le faisons pas maintenant, je ne pourrai pas te croire quand tu dis que tu m'aimes.

– Tu es sûre ?

– Oui.

– Alors, viens !

Il lui tient toujours les deux mains, la tire doucement vers lui, effleure ses lèvres de sa bouche et la conduit vers le rideau qu'il ouvre.

Le lit est défait, les draps sont froissés. Sven enlève quelques journaux.

– Tu n'as pas changé d'avis ?

– Non !

27

Quelques heures plus tard, s'apercevant que le crépuscule s'installe déjà, Steffi décide de se lever.

– Il faut que j'y aille.

Elle aurait dû partir bien plus tôt mais comment quitter quelqu'un qui vous est devenu si proche ?

– Tu ne peux pas dormir ici ? murmure Sven, la tête contre son épaule.

– Non. Maj et sa famille vont s'inquiéter. Et demain je travaille.

Il se redresse.

Je t'appelle un taxi.

– Ce n'est pas la peine. Il n'est pas très tard.

– Alors, je te raccompagne.

– Non, reste au lit.

– Si quelqu'un te voit comme ça, il ne pourra pas s'empêcher de te suivre.

– Je n'avais pas l'intention de sortir toute nue, plaisante Steffi en ramassant ses vêtements.

– Peu importe que tu sortes habillée ou non, c'est ton visage. Il rayonne !

– Ah oui ?

Il la serre encore contre lui et l'embrasse. Steffi cède un instant puis le repousse.

– D'accord, appelle un taxi. Sinon je n'arriverai pas à partir.

Sven va téléphoner et Steffi en profite pour se rhabiller. En dehors du lit, sa nudité la gêne.

– Il sera là dans cinq minutes.

Sven l'enlace de nouveau.

– Allez, lâche-moi.

– Cinq minutes, c'est long.

Il la lâche à contrecœur et la regarde se recoiffer.

Elle relève le col de son manteau pour dissimuler les suçons dans son cou. Demain avant d'aller travailler, elle demandera à Britta de lui prêter un foulard. Mais quoi qu'elle fasse, elle ne pourra cacher à personne ce qu'elle vient de vivre. Sven est présent dans chaque recoin de son corps, dans chaque pore de sa peau. C'est sans doute à cela qu'il a fait allusion tout à l'heure quand il a dit que son visage était rayonnant.

Ils s'embrassent une dernière fois dans l'entrée.

– Je t'appelle demain.

– D'accord.

Elle n'a pas le cœur à lui dire qu'il ne faut pas lui téléphoner au labo.

La porte se referme derrière elle avec un cliquetis. Elle reste un instant sur le palier avant de se résoudre à monter dans l'ascenseur. Peut-être est-il encore là, juste derrière la porte ? Si elle frappait, il la ferait entrer et elle ne repartirait plus jamais.

Il faut qu'elle s'en aille. Les Karlsson doivent déjà

être inquiets. Si elle découchait, que penseraient-ils d'elle ?

Elle dévale les escaliers à toute vitesse pour ne pas avoir le temps de changer d'avis. Le taxi l'attend devant la porte.

– Place de Sannaplan, s'il vous plaît.

Il vaut mieux que la voiture ne s'arrête pas devant l'immeuble, les gens se poseraient des questions. Les habitants de Sandarna ne rentrent pas souvent en taxi.

Les parents de Maj et les enfants les plus jeunes dorment quand elle pénètre dans l'appartement, mais Maj et Britta sont encore réveillées. Maj est inquiète.

– D'où viens-tu ? Tu aurais pu nous prévenir que tu rentrerais tard !

Elle aurait certainement menti si elle avait eu en face d'elle quelqu'un d'autre que Maj. Elle aurait répondu qu'elle avait passé la soirée chez une de ses collègues, ou chez Judith. Mais à Maj il est impossible de ne pas dire la vérité.

– J'étais chez Sven.

– Ça se voit, ricane Britta. Tu as vu les suçons qu'elle a dans le cou ?

– Tais-toi ! la rabroue Maj. Viens, Steffi !

Elle entraîne Steffi dans l'entrée, enfile ses chaussures et ouvre la porte.

– Où veux-tu qu'on aille à cette heure-ci ?

– Ah bon, tu t'es tout de même rendu compte qu'il était tard ? siffle Maj. Il faut qu'on se parle seule à seule.

La soirée estivale est douce. Elles s'installent côte à côte sur la barrière métallique.

– C'est vrai ? demande Maj.

– Quoi donc ?

– Que tu as couché avec lui ?

– Oui.

– Comment as-tu pu ? Jamais je n'aurais cru ça de toi, Stéphanie.

Steffi ne répond pas. Un petit vent la fait frissonner. Jamais auparavant elle ne s'est sentie aussi éloignée de Maj.

– Tu es comme Vera, continue Maj. Tu agis sans réfléchir, comme elle.

Steffi est capable de supporter beaucoup de réflexions venant de Maj, mais pas ça ! La comparaison avec Vera est injuste.

– On a abusé de Vera, dit-elle furieuse. Elle a été dupée. Et elle s'est mariée pour cacher les conséquences. Peux-tu me dire ce que cela a à voir avec Sven et moi ? Nous nous aimons. Et moi, je ne tomberai pas enceinte.

– Vous allez vous marier ? demande Maj en soupirant.

– Nous n'en avons pas encore parlé.

– Vous fiancer ?

– Non plus.

– Tu as confiance en lui ?

– Une confiance absolue.

Maj pousse de nouveau un soupir.

– Je ne veux pas qu'on te fasse de mal, Steffi.

C'est pratiquement mot pour mot ce que Sven lui a dit : « Je ne veux pas te faire de mal, Stéphanie. »

– Je suis assez grande pour m'occuper de moi.

Son ton est sec, elle s'en rend compte.

– Très bien.

Maj semble fatiguée. Elle se lève et se dirige vers l'entrée de l'immeuble. Steffi la rattrape.

– Maj, ne m'en veux pas. S'il te plaît ! Si tu savais…

« … comme il est merveilleux », a-t-elle envie de dire. Mais, voyant le regard de Maj, elle se tait.

Elle aimerait tant que Maj vive un jour la même chose qu'elle !

28

Steffi préfère quand elle est seule avec Sven. Elle n'a rien à reprocher à ses amis avec qui elle s'entend bien, comme par exemple la généreuse Lillemor, Mona la poétesse filiforme ou encore Lars, un jeune écrivain timide qui vient de sortir son premier recueil de nouvelles.

Mais Sven n'est pas le même quand il est avec eux. On dirait qu'il éprouve le besoin de se mettre en valeur, de montrer qu'il est aussi doué et cultivé qu'eux. Un soir, il leur parle de son « roman » qu'il ne va pas tarder à terminer.

Steffi est surprise. Elle ignorait qu'il s'était lancé sérieusement dans l'écriture. Devant les autres, elle cache son étonnement, mais dès qu'ils se retrouvent seuls elle lui dit :

– Je ne savais pas que tu avais un roman en route.

– Pour l'instant, il est encore dans ma tête, il faut juste que je trouve le temps de l'écrire.

– Mais en ce moment, tu ne travailles pas…

– Ce n'est pas aussi simple.

– Quel est le sujet de ton livre ?

– Je ne veux pas en parler. Il faut d'abord que je commence à le rédiger. Mais tu seras bien évidemment ma première lectrice.

Même si cela lui fait plaisir, elle a du mal à accepter qu'il ne lui ait rien dit. Si vraiment il ne voulait pas en parler, pourquoi en a-t-il fait étalage tout à l'heure devant ses amis ?

Une lettre l'attend sur son lit. L'enveloppe, écrite à la main, est affranchie avec des timbres américains. Steffi l'ouvre et sort une feuille fine.

Plainfield, New Jersey, le 2 juillet 1945

Chère Steffi,

Tant que la guerre sévissait, il était quasiment impossible d'entrer en contact avec quelqu'un en Europe, mais aujourd'hui j'ai enfin réussi à avoir ton adresse en Suède. J'espère que cette lettre arrivera jusqu'à toi et Nelli.

Je te revois encore enfant, même si je sais que tu es presque adulte à présent. Peut-être m'as-tu oubliée, j'ose cependant penser que ce n'est pas le cas. Tu sais sans doute qu'oncle Arthur, Peter et moi avons réussi à quitter Vienne pour nous installer ici déjà en décembre 1940.

Peter avait alors dix-neuf ans. Il s'est engagé dans l'armée américaine quand les États-Unis sont entrés dans la guerre et il a été tué il y a un peu plus d'un an, lors du débarquement en Normandie. Il nous manque terriblement. Je sais que tu nous comprends, toi qui as perdu ta mère. Peter était notre unique enfant.

Nous avons appris le décès d'Elisabeth par le World Jewish Congress à qui nous nous sommes adressés pour avoir des renseignements sur tes parents. Tout ce que nous avons réussi à savoir est qu'ils ont été déportés à Theresienstadt et que ton père a ensuite été envoyé à Auschwitz. Sais-tu quelque chose de plus ?

Nous gardons l'espoir qu'Anton est encore en vie, mais il y a eu tant de victimes, il ne faut pas se voiler la face. Steffi, autant que je t'annonce clairement notre idée :

Tu es encore très jeune et Nelli n'est qu'une enfant. Vous êtes mes nièces et les seules rescapées de ma famille. J'aimerais que vous veniez vivre chez nous dans le New Jersey. Nous avons une maison agréable et la société qu'oncle Arthur a créée marche très bien, même si elle n'a pas l'importance de celle que nous avions à Vienne. Si vous souhaitez faire des études, nous avons les moyens de les financer.

Steffi, je ne prétends pas remplacer votre mère qui était une femme merveilleuse, mais nous sommes de la même famille et j'ai toujours eu beaucoup d'affection pour toi et ta sœur.

Réfléchis à ma proposition et réponds-moi dès que tu auras pris une décision.

Oncle Arthur t'embrasse ainsi que Nelli.

Affectueusement

Ta tante Émilie

Pourquoi cette lettre arrive-t-elle maintenant alors qu'elle s'est faite à l'idée de repousser ses études ? Et qu'elle est avec Sven ?

Le quitter lui serait impossible.

Mais comment ne pas accepter une proposition qu'elle risquerait de regretter toute sa vie ?

Elle en parle immédiatement à Maj, son amie fidèle depuis bientôt cinq ans.

– Tu ne peux pas rater une occasion pareille, lui dit-elle. Ne serait-ce que pour tes études que tu pourras commencer sans tarder.

Maj a raison, c'est indéniable. Et pourtant, Steffi aurait préféré qu'elle cherche à la convaincre du contraire. Ses six années en Suède lui ont donné une nouvelle langue et un nouvel univers. Son enfance à Vienne appartient au passé. Le présent est ici. Quant à l'avenir, où se situera-t-il ? En Amérique ? Aura-t-elle le courage de tout quitter une fois de plus pour une nouvelle langue et une nouvelle vie ?

Devra-t-elle se séparer de Maj, de tante Marta, d'oncle Evert, de Vera, de Hedvig Björk ?

Est-elle capable de les laisser ? En a-t-elle envie ?

Et Judith. Mais avec elle ce n'est pas pareil. Dès qu'Édith sera en bonne santé, Judith s'occupera des formalités pour qu'elles aillent s'installer en Palestine toutes les deux.

Judith est quelqu'un qui prend des décisions. Elle sait ce qu'elle veut. Il est vrai qu'elle n'a rien ni personne qui la retiennent en Suède.

Si le père de Steffi était en vie, la situation serait différente. Elle partirait le rejoindre, où qu'il se trouve.

Pour Nelli, la meilleure solution serait de partir, puisqu'elle ne pourra plus rester chez tante Alma et oncle Sigurd. En Amérique, elle aurait une nouvelle famille et tante Émilie ferait certainement tout pour qu'elle soit bien.

Mais en ce qui la concerne elle-même, elle ne sait pas.

Elle essaie de ne plus penser à la lettre. Elle a beau la mettre dans son sac à main, l'enfermer dans son placard au vestiaire, elle a toujours l'impression de l'avoir sous les yeux. Chaque mot, chaque phrase résonnent dans sa tête :

… Nous gardons bien évidemment l'espoir qu'Anton est encore en vie… les seules rescapées de ma famille… si vous souhaitez faire des études… j'ai toujours eu beaucoup d'affection pour toi et ta sœur…

Plusieurs jours s'écoulent avant qu'elle ne se résolve à parler de la lettre à Sven. Elle a peur de le blesser en lui apprenant qu'elle envisage de le quitter. Elle se met à sa place ! S'il lui annonçait qu'il avait décidé de profiter de l'ouverture des frontières pour aller à Paris réaliser ses rêves d'écriture, comme plusieurs de ses amis, elle douterait de son amour.

La dernière semaine de juillet approche, il faut que sa décision soit prise avant qu'elle prenne le bateau pour l'île.

Elle cherche le moment propice pour parler à Sven. Quand ils se retrouvent chez lui, ils ont un tel désir l'un pour l'autre qu'il ne reste pas de place pour les mots. Après l'amour, quand ils sont encore au lit, ils sont trop fragilisés, trop vulnérables.

Finalement, c'est lors d'une promenade le long des quais qu'elle se lance. Sven l'écoute en silence sans rien dévoiler de ses sentiments.

– Tu veux partir ? demande-t-il simplement.

C'est justement la question qu'elle craignait. Elle aurait préféré qu'il dise : « Ne pars pas ! Je ne supporterais pas que tu t'en ailles ! »

Alors elle serait restée.

– Je ne sais pas.

– Comment sont-ils, ton oncle et ta tante ?

Steffi lui parle de sa tante joyeuse et de son oncle taciturne qui lui offrait toujours des bonbons quand elle était petite. Elle lui parle de son cousin, Peter, dont elle héritait les livres scolaires et qui est mort, à vingt-trois ans. L'âge de Sven.

Une ombre passe sur le visage de Sven quand il apprend qu'il a été tué lors du débarquement en Normandie. Au moment où Steffi et Sven venaient de faire connaissance, Sven lui avait lu une nouvelle qu'il avait écrite au sujet d'un jeune homme qui s'était engagé comme volontaire dans la guerre civile d'Espagne. Son héros a fait ce que Sven lui-même n'aurait pas osé faire. Steffi y repense maintenant.

– Tu t'entends bien avec eux ? demande-t-il.

– Oui, mais ça fait si longtemps…

– Et ils proposent de payer tes études ? Mais c'est fantastique !

Il en parle de façon détachée, comme si ça ne le concernait pas. Peut-être est-ce sa manière de camoufler ses sentiments.

– Alors selon toi, je devrais partir ?

Il se tourne vers elle.

– C'est à toi de prendre la décision.

Il a raison, bien sûr. C'est elle qui doit décider. Il ne peut pas le faire à sa place.

Soudain, les yeux de Steffi se remplissent de larmes. Elle se jette dans ses bras, la gorge serrée :

– Je ne pourrai pas te quitter, Sven ! Je t'aime !

Il l'embrasse et la serre très fort. Mais il ne dit pas « Je t'aime ».

Le lendemain, Steffi prend le bateau pour l'île. Comme tant de fois auparavant, elle fait le voyage debout devant le bastingage. Elle regarde les tourbillons se former quand la proue fend les vagues.

La lettre est dans son sac à main. Il va falloir qu'elle en parle avec Nelli, avec tante Marta et oncle Evert. Elle ne peut plus reculer.

La décision appartient aussi à sa sœur qui est assez grande pour donner son avis. Mais son choix ne sera pas difficile, puisqu'elle ne pourra plus rester sur l'île.

« Je vais demander conseil à tante Marta, se dit Steffi. Elle saura me dire ce que je dois faire. »

29

Il fait gris et le vent est froid. Nelli grelotte dans sa robe à manches courtes. Qu'est-ce qu'il est long à venir, ce bateau !

L'arrivée est prévue pour trois heures et quart. Elle n'a pas de montre et cherche des yeux quelqu'un qui pourrait lui donner l'heure, mais il n'y a personne sur l'embarcadère. Les vieux qui passent leur temps sur un banc devant les hangars à bateaux sont toujours fidèles au poste, mais elle n'a pas envie de leur poser la question. Elle n'aime pas leurs blagues. Et ils n'ont probablement pas de montres, eux non plus.

Impatiente, elle s'assied sur une bitte d'amarrage, le menton dans les mains. La seconde d'après, elle perçoit de la fumée derrière une île, et quelques minutes plus tard, le bateau apparaît.

Nelli n'en peut plus d'attendre, quand un matelot installe la passerelle.

– Steffi ! Hé ho ! Steffi !

Steffi l'entend et lui fait de grands signes du pont avant.

Quelques vacancières, parties en ville faire des courses, sont les premières à descendre, chargées de sacs et de paquets. Ensuite c'est le tour de la grosse Mme Johansson qui est allée rendre visite à sa fille à Göteborg. Deux jeunes traversent la passerelle en poussant des vélos avec des sacs, des tentes et des réchauds à gaz.

Et puis, enfin, arrive Steffi.

– Il s'est passé quelque chose ? s'inquiète-t-elle.

– Non, j'avais envie de venir t'accueillir. Mon vélo est là-bas.

Elles montent vers le village à pied, la petite valise de Steffi attachée sur le porte-bagages. En voyant le ciel menaçant, Steffi demande à sa sœur :

– Peux-tu me prêter ton vélo pour que j'arrive rapidement à la maison ? Je te le rendrai demain, ou ce soir, si tu en as besoin.

– Je t'accompagne, si tu veux.

Nelli le propose sur un ton détaché, comme si cela lui était parfaitement égal, mais elle a vraiment envie de rester encore un peu seule avec sa sœur.

– Oui, si ça ne te dérange pas.

– Alors d'accord.

En arrivant à la maison jaune, elles voient tante Alma en train de ramasser le linge dans le jardin. Steffi ralentit le pas mais, à sa surprise, Nelli continue d'avancer.

– On ne va pas lui dire bonjour ?

Nelli hausse les épaules.

– Fais-le, si tu y tiens.

Elles poursuivent leur chemin.

– Nelli, il ne faut pas que tu en veuilles à tante Alma.

– Tu n'en voudrais pas à tante Marta, toi, si elle avait décidé de te mettre à l'orphelinat ?

Steffi soupire. Elles marchent en gardant le silence. Nelli essaie de mettre de l'ordre dans ses pensées qui fusent dans sa tête lorsqu'elle entend Steffi dire :

– Nelli, j'ai quelque chose à te raconter. J'avais pensé attendre un peu mais…

Elle s'interrompt.

Nelli veut lui demander si cela concerne leur père, s'il est en vie ou s'il est mort, mais les mots sont récalcitrants et elle n'arrive pas à les sortir de sa bouche.

– Te souviens-tu de tante Émilie ? demande Steffi.

Tante Émilie ? Ça lui dit vaguement quelque chose. Nelli revoit des lèvres rouges qui parlent sans cesse et de grandes boucles d'oreilles. Est-ce elle, tante Émilie ?

– Je ne sais pas.

– La sœur de papa, lui rappelle Steffi. Son mari c'est oncle Arthur et ils avaient un fils qui s'appelait Peter. Il est mort à la guerre.

– Peter, répète Nelli. Je me souviens de lui. On jouait au cheval ensemble. Il était gentil. Il est mort… je veux dire, il a été… ?

– Il était soldat. Dans l'armée américaine. Il est mort en Normandie.

– Pourquoi était-il dans l'armée américaine puisqu'il habitait à Vienne ?

– Tante Émilie, oncle Arthur et Peter sont partis s'installer en Amérique. Comme nous avions pensé le faire, nous aussi. Tu te souviens ?

– Bien sûr que je m'en souviens.

– J'ai reçu une lettre de tante Émilie. Elle et oncle

Arthur vivent en Amérique. Dans une ville qui s'appelle Plainfield, dans l'État du New Jersey. Ils ont une maison et une petite société. Elle écrit qu'ils ont une vie agréable mais que Peter leur manque, bien entendu.

– Ce n'est pas juste, dit Nelli. Pourquoi ont-ils pu partir en Amérique et pas nous ? Et pourquoi Peter a-t-il été assez bête pour s'engager comme soldat et se faire tuer ?

– Il a voulu se battre contre les Allemands.

Nelli réfléchit.

– Alors, il avait raison, dit-elle. Pas de se faire tuer mais de vouloir se battre.

Elles ont atteint le point culminant de la côte. Devant elles, la mer s'étend à l'infini. De lourds nuages sombres sont amassés au-dessus de la surface tandis qu'à l'ouest, un dernier rayon de lumière donne des reflets argentés à l'horizon.

– Regarde, dit Steffi. La première fois que je me suis arrêtée ici, j'ai cru que j'arrivais au bout du monde. Maintenant je sais que ce n'est pas le cas. Le monde continue de l'autre côté de la mer. C'est là-bas que se trouve l'Amérique.

Une goutte de pluie tombe sur la joue de Nelli, suivie d'une deuxième puis d'une troisième.

– Nous ferions mieux de nous dépêcher de nous mettre à l'abri chez tante Marta et oncle Evert, dit-elle.

– Attends encore un peu. Nelli, aimerais-tu partir en Amérique ?

– Maintenant ?

– Tante Émilie nous propose de les rejoindre.

Ils nous accueilleraient comme leurs propres enfants. Toi, tu irais à l'école et moi, je commencerais mes études de médecine.

Le cœur de Nelli bat la chamade. Elle a du mal à respirer.

– Tu n'as pas besoin de répondre tout de suite, poursuit Steffi. Tu peux réfléchir. Moi aussi, d'ailleurs.

Une pluie battante se déverse sur elles. De grosses gouttes martèlent le sol et les trempent jusqu'aux os en quelques secondes. Steffi empoigne le guidon et se met à descendre la côte à pied aussi vite qu'elle peut, suivie de Nelli qui glisse et qui a du mal à garder l'équilibre. La mer et le ciel se confondent en une grisaille compacte.

Là-bas, de l'autre côté de la mer, se trouve l'Amérique.

30

L'Amérique.

Steffi et Nelli rêvaient souvent de l'Amérique au cours de leur premier automne sur l'île. Elles s'installaient au bord de l'eau et, en général, c'était Steffi qui parlait. Elle faisait des descriptions de villes américaines en évoquant de grands immeubles et de larges rues à la circulation intense comme si elle y était déjà allée. Ce qui n'était pas le cas, bien entendu. En réalité, elle n'en savait pas plus sur l'Amérique que sur l'île avant leur arrivée.

À cette époque-là, elles se croyaient de passage sur l'île. Elles ne comprenaient pas la langue, elles n'avaient pas d'amis et pensaient repartir peu de temps après, ce qui progressivement s'était révélé impossible.

Et maintenant, elles peuvent partir alors que Nelli ne demande pas mieux que de rester.

Elle voudrait continuer de vivre chez tante Alma, mais elle n'en a plus le droit. Habiter chez la sœur de son père en Amérique serait forcément mieux que d'être placée dans un orphelinat.

Et tant pis pour tante Alma. Elle va voir que Nelli est capable de se débrouiller sans elle. Sa vraie tante de sang veut qu'elle soit sa fille. Quand elle sera partie, tante Alma la regrettera certainement et là, il sera trop tard !

Il faut accepter la proposition, c'est évident. À peine Nelli a-t-elle formulé cette idée qu'elle est assaillie par les doutes. L'Amérique est si loin. Elle ne pourra peut-être plus jamais revenir. Elle ne reverra plus Sonia. Ni tante Alma.

Tout en pesant le pour et le contre, elle continue de pédaler machinalement. Elle roule sans prêter attention à ce qui se passe autour d'elle.

– Nelli !

Elle ne remarque pas la fille qui traverse. Elle freine brutalement pour ne pas la heurter, perd l'équilibre et manque de tomber.

– Qu'est-ce que tu as ? Tu ne m'avais pas vue ? s'écrie Sonia en attrapant son guidon.

– Non, murmure Nelli, je ne t'avais pas vue.

– Où vas-tu ?

– Chez moi.

Ces mots lui donnent un mauvais goût dans la bouche. La maison de tante Alma ne sera bientôt plus la sienne. Dans le fond, elle ne l'a peut-être jamais été. C'est seulement ce qu'elle a cru.

– Je peux faire le chemin avec toi, si tu veux.

La voix de Sonia est joyeuse et arrangeante. Depuis leur dispute, elle fait des efforts pour qu'elles se réconcilient. Nelli l'a remarqué mais elle préfère maintenir une certaine distance.

– Si tu veux.

Sonia fait semblant de ne pas remarquer le manque d'enthousiasme de Nelli. Elle met son bras autour de ses épaules et lui raconte combien elle s'est ennuyée avec Annie et Ulla-Britt.

– Elles n'ont aucune imagination. Elles ne trouvent jamais rien d'amusant à faire. Et Annie n'arrête pas de dire : « Non, on ne peut pas faire ça ! »

– J'espère que tu ne leur as pas montré la maison abandonnée ?

– Bien sûr que non. C'est notre secret.

La maison abandonnée est un petit secret. À présent, Nelli en a un bien plus grand.

« Pour l'instant, il vaut mieux ne rien dire à personne, lui a recommandé Steffi quand elles se sont séparées. Il faut que nous réfléchissions avant d'en parler avec tante Alma. »

Tant que rien n'est décidé, Nelli n'en parlera pas à tante Alma. Mais Sonia est tout de même sa meilleure amie et elle est capable de garder un secret. Steffi accepterait sûrement qu'elle soit au courant.

– Quand je serai partie, tu pourras montrer la maison abandonnée à Ulla-Britt, si tu veux, dit-elle généreusement.

– Quand tu seras partie à Göteborg ?

Sonia se doute qu'il est question de l'orphelinat mais elle évite de prononcer le mot.

– Non, quand je serai partie en Amérique.

– En Amérique ?

Sonia s'arrête.

– Tu as dit en Amérique ? Ton père est là-bas ?

– Non, mais ma tante et mon oncle y vivent. Ils veulent que Steffi et moi soyons leurs enfants. À la place de mon cousin Peter qui est mort. Ils l'ont écrit à Steffi dans une lettre.

Sonia balbutie quelque chose d'incompréhensible, des mots et des bouts de phrases qui n'ont ni queue ni tête. Nelli finit par deviner :

– … tellement loin… ne plus jamais te revoir…

– Rien n'est vraiment décidé encore, la console Nelli. D'ailleurs, ça ne se fera peut-être pas.

Sonia éclate en sanglots. Voyant son désespoir, Nelli fond en larmes, elle aussi. Elles s'asseyent au bord de la route en s'enlaçant.

– Tu es ma meilleure amie, dit Sonia entre deux sanglots. Qu'est-ce que je vais devenir sans toi ?

– Tu sais bien que je n'ai pas le droit de rester ici.

– Je sais, mais si tu habites à Göteborg, on pourra se voir quand même. Ce n'est pas loin. Dans quelques années je m'y installerai peut-être, moi aussi. Alors que l'Amérique, c'est à l'autre bout de la Terre.

– De l'autre côté de la mer, rectifie Nelli. C'est seulement de l'autre côté de la mer.

Ce soir-là, Nelli renonce à ses efforts d'être gentille et serviable. Elle bâcle la vaisselle et n'hésite pas à argumenter quand tante Alma lui demande de sortir la poubelle.

– Pourquoi pas John ? Il ne fait jamais rien.

Tante Alma lui jette un regard étonné et envoie John à sa place.

Le lendemain au dîner, tante Alma est énervée et semble inquiète. Elle renverse de la sauce en apportant le plat. Sa voix est tendue et haut perchée. Elle exige que les enfants se couchent une heure plus tôt que d'habitude, puis elle s'enferme avec oncle Sigurd dans la chambre.

De son lit, Nelli les entend discuter. Tante Alma est en colère. Cette fois-ci, elle n'écoutera pas à la porte, elle a trop peur de ce qu'elle risquerait d'apprendre.

L'agitation finit par s'estomper. Elsa dort déjà et Nelli ferme les yeux. Au moment où elle sombre dans le sommeil à son tour, la porte de la chambre s'ouvre.

– Nelli ? Tu dors ?

C'est tante Alma.

– Non.

– Tu veux bien descendre ? Oncle Sigurd et moi aimerions te parler.

Le moment est donc venu ! L'été n'est pas tout à fait fini mais la décision est apparemment prise. Ils vont l'envoyer à l'orphelinat.

Ils vont faire une drôle de tête quand elle leur apprendra qu'elle part en Amérique !

Pieds nus, elle descend l'escalier derrière tante Alma.

Elle s'assied sur le bord d'une des chaises devant la table du salon.

– Tu as froid ? demande tante Alma.

Oncle Sigurd est en face d'elle. Tout ça, c'est à cause de lui !

– Non.

Tante Alma va tout de même lui chercher un châle qu'elle pose sur ses épaules. Elle regarde oncle Sigurd puis se tourne vers Nelli.

– Nelli, pourquoi ne nous as-tu rien dit ? commence-t-elle.

– À propos de quoi ?

– De la lettre d'Amérique.

Comment est-elle au courant ? Steffi leur a-t-elle parlé, malgré tout ?

– Mais comment… ?

– La mère de Sonia est venue nous voir cet après-midi. Sonia était complètement retournée quand elle est rentrée hier. Elle a pleuré des heures avant d'expliquer sa tristesse à sa mère. D'abord, je n'ai pas cru ce qu'elle me racontait, puis j'ai appelé Marta et j'ai parlé avec Steffi qui m'a confirmé que c'était vrai. Pourquoi ne m'as-tu rien dit, Nelli ?

– Steffi m'a demandé d'attendre que notre décision soit prise.

– Comment avez-vous pu penser que cela avait si peu d'importance pour moi ?

Nelli ne sait pas quoi répondre.

– Je te considère comme mon enfant, Nelli. Je l'ai toujours fait. J'ai manqué de courage, c'est vrai. J'aurais dû imposer ma volonté. Oncle Sigurd et moi avons beaucoup discuté et pour nous, les choses sont maintenant claires. Nous ne pouvons pas nous opposer à ton départ en Amérique, si c'est ce que tu désires, mais si tu veux rester, notre maison sera la tienne pour toujours. Si ton père… ne revient pas, Sigurd et moi aimerions t'adopter.

Nelli n'en croit pas ses oreilles. Elle jette un regard rapide en direction d'oncle Sigurd, qui lui fait un signe approbateur.

– Tante Alma, murmure Nelli, j'ai une chose à te dire.

– Oui ?

Nelli regarde oncle Sigurd à la dérobée. Tante Alma comprend.

– Sigurd, dit-elle. Je crois que Nelli préfère que nous soyons seules, toutes les deux.

Oncle Sigurd se retire dans la cuisine et ferme la porte derrière lui.

– Qu'y a-t-il ?

Maintenant que Nelli a décidé de raconter la vérité, elle se libère de ce qui lui pèse tant.

– Si John a failli se noyer, c'est ma faute. C'est moi qui lui ai dit de prendre la barque pour aller pêcher. Il aurait pu mourir. Je suis la seule coupable et maintenant que tu le sais, tu ne voudras plus de moi, n'est-ce pas ?

– Ma petite chérie, il y a longtemps que je le sais. Tous les enfants font des bêtises et parfois elles tournent mal. Mais tu l'as sauvé aussi, et ça c'était très courageux.

– Oncle Sigurd est au courant ?

– Non, ce n'est pas nécessaire de le lui dire. Ce sera un secret entre toi, John et moi.

– Tante Alma, tu es la plus gentille du monde !

31

Nelli rayonne de bonheur quand elle fait part à sa sœur de sa conversation avec tante Alma. Steffi est à la fois heureuse pour elle et soulagée de ne plus avoir à trancher. À présent, elle sait qu'elles doivent rester. Pour Nelli…

– Mais tant que nous ne savons pas si papa est en vie, ils ne pourront pas t'adopter, souligne-t-elle.

Au fond d'elle-même, elle sait que leur père est mort mais elle ne peut pas se résoudre à le dire. Elle n'a pas encore raconté à Nelli ce qu'elle avait appris à Uddevalla.

– Tu as raison, admet Nelli. Tante Alma va se renseigner sur le délai à respecter, si nous n'avons pas de nouvelles de lui.

Elle s'arrête un instant avant d'ajouter :

– Steffi, as-tu très envie de partir ?

– Je ne sais pas. Comme toi, il y a beaucoup de personnes ici que j'aime.

– Si jamais tu voulais partir, tu pourrais le faire quand même, dit Nelli tout bas.

– Partir sans toi ? Il n'en est pas question !

– Tu sais que je suis entre de bonnes mains.

Son affirmation est celle de quelqu'un qui a bien réfléchi mais sa voix tremble.

– Nelli, nous ne sommes plus que toutes les deux et nous ne devons jamais nous séparer, dit Steffi l'air grave.

– Tu penses ce que tu dis ?

Le visage de Nelli rayonne de nouveau.

– Sinon, je ne le dirais pas.

– Steffi, s'ils m'adoptent, je serai encore ta sœur ?

– Oui, grosse bêtasse. Ça, rien ne pourra le changer.

– Je serai suédoise ?

– Oui, certainement.

– C'est bizarre. Ça veut dire que je serai suédoise et toi étrangère bien que nous soyons sœurs.

– À ma majorité, je pourrai demander la nationalité suédoise, explique Steffi. Et si je me marie aussi.

Elle regrette aussitôt sa dernière phrase.

– Tu vas te marier ? demande Nelli les yeux écarquillés.

– J'ai dit « si ». Mais je me marierai bien un jour.

– Avec Sven ?

– Sven ?

Cela fait plusieurs jours que Steffi essaie de ne pas penser à lui. Mais il lui manque trop, et elle se demande avec inquiétude s'il pense à elle quand ils ne sont pas ensemble.

– Pas la peine de faire semblant ! dit Nelli. Tu crois peut-être que je n'ai rien remarqué ? D'abord au rassemblement pour la paix, puis le jour de ton bac.

– Remarqué quoi ?

– Que vous êtes amoureux.

Steffi ne peut pas s'empêcher de sourire en voyant la mine de sa sœur.

– Vous vous êtes déjà embrassés ? poursuit Nelli.

– Oui.

Le regard de Nelli devient rêveur. Steffi est sur le point de lui dire qu'elle est trop jeune pour s'intéresser à ce genre de choses lorsqu'elle se rend compte qu'elle avait à peu près son âge quand elle est tombée amoureuse de Sven.

– Et toi ? Tu es amoureuse de quelqu'un ?

– D'un garçon, tu veux dire ?

– Oui.

– Je ne sais pas. Non, je ne pense pas. C'est comment d'être amoureux ? demande Nelli en prenant un air sérieux.

– On a une sensation de chaleur quand on regarde celui qu'on aime. On veut être avec lui tout le temps. Et on espère qu'il réagit pareil. Tu as déjà ressenti ça pour quelqu'un ?

– Pas pour un garçon mais pour Carita.

– Carita ?

Steffi met quelques secondes à se rappeler de qui il s'agit.

– Tu l'aimes donc tant que ça ?

– Elle est si belle. Elle a une manière particulière de me regarder. Comme si elle voyait ce que les autres ne voient pas. Elle m'a dit que j'avais une aura éthérée.

– Les artistes ont une sensibilité qui leur permet de découvrir ce qui n'est pas visible par les autres, dit Steffi. C'est du moins ce que je pense. Mais…

– Elle dit que je suis un modèle merveilleux. En septembre, je pourrai voir mon portrait. Quand il y aura le vernissage. Tu pourras venir, toi aussi. Carita me l'a promis.

Nelli déborde de joie et d'enthousiasme. Pourvu qu'elle ne soit pas déçue, se dit Steffi. Pourvu que Carita soit aussi formidable que Nelli le dit.

– Les garçons d'ici sont trop gamins, dit Steffi pour changer de sujet. Si tu patientes quelques années, ils seront plus matures. Et un beau jour, tu te fianceras peut-être, comme Britta.

– Britta n'est qu'une bêcheuse.

– Ce n'est pas vrai.

– Mais si. Je suis bien contente que tu partes de chez eux, comme ça je pourrai venir te voir plus souvent. Tu déménages quand ?

– Le premier septembre.

Dans un peu plus d'un mois, sa vie d'adulte va commencer.

Nelli partie, Steffi s'installe pour écrire à tante Émilie. Autant s'en débarrasser le plus vite possible.

Le 22 juillet 1945

Chère tante Émilie,

Merci beaucoup pour ta lettre. J'ai été heureuse d'avoir de vos nouvelles mais triste d'apprendre le décès de Peter. Il faut garder en mémoire qu'il est mort pour la liberté et non pas assassiné comme tant d'autres. Vous pouvez être fiers de lui.

Je ne sais rien de ce qui a pu arriver à mon père. J'ai entrepris des recherches qui, pour l'instant, sont restées infructueuses. Dans un hôpital qui accueille des rescapés, j'ai parlé avec un homme qui l'avait rencontré à Auschwitz. Ils ont fait le début de la marche vers l'Allemagne ensemble, mais cet homme ne sait pas ce qui lui est arrivé ensuite. Il semble cependant probable que papa soit mort.

Votre proposition de nous accueillir, Nelli et moi, est très généreuse. Mais les personnes qui s'occupent de Nelli depuis notre arrivée aimeraient l'adopter et je pense que c'est ce qui pourrait lui arriver de mieux. Elle s'est bien adaptée ici et se sent presque suédoise.

En ce qui me concerne, je pourrais partir mais je ne veux pas quitter Nelli, même sachant qu'elle est entre de bonnes mains. Elle est la seule qui me reste de notre famille et il est important que nous ne soyons pas séparées. J'espère que vous me comprendrez, tante Émilie, et que vous ne trouverez pas que je fais preuve d'ingratitude.

J'aimerais beaucoup que nous continuions à nous écrire. Garder le contact avec vous, ma tante et mon oncle, serait très important pour moi. Si nous apprenons quelque chose sur le sort de papa, je vous tiendrai bien entendu au courant et j'espère que vous ferez de même.

Nelli se joint à moi pour vous assurer de notre affection.

Votre Steffi

Elle reste un moment le regard rivé sur la feuille

remplie de son écriture si régulière et qui lui a valu tant de compliments. La lettre. Les mots. La décision. À présent, elle est irrévocable.

C'est la seule solution raisonnable. Elle plie la feuille, la glisse dans une enveloppe et inscrit l'adresse à Plainfield, dans le New Jersey.

Elle ne saura jamais quelle aurait été sa vie là-bas.

Dès demain, lundi, la postière, Mlle Holm, sera chargée de cette lettre qui traversera ensuite la mer en bateau pour être distribuée par un facteur américain à l'adresse de tante Émilie et oncle Arthur. Dans son imagination, Steffi le voit la glisser dans une boîte rouge, accrochée à une barrière délimitant une pelouse impeccable autour d'une maison blanche avec une véranda. Tante Émilie se dépêchera de l'ouvrir et elle poussera un soupir en disant à oncle Arthur : « Elles préfèrent rester en Suède. Anton est probablement mort. »

Voilà un scénario possible. Leurs différentes vies poursuivront ensuite leur cours. Celles de tante Émilie et d'oncle Arthur dans le New Jersey, celle de Nelli sur l'île et la sienne à Göteborg.

À Vienne il n'y aura plus personne de la famille Steiner.

32

Une semaine passe si vite. Le dimanche après-midi, tante Marta accompagne Steffi au bateau. Les vêtements dans sa petite valise sont maintenant lavés et repassés.

– Prends bien soin de toi, petite.

– Je te promets, tante Marta.

Quelques phrases très brèves leur suffisent. Elles ont beaucoup parlé au cours de ces jours passés ensemble, des parents de Steffi, de son oncle et sa tante en Amérique, de Nelli et de l'adoption. À vrai dire, c'est surtout Steffi qui a parlé, mais grâce à la qualité d'écoute de tante Marta et à ses questions pleines de sagesse, elle a poussé ses réflexions beaucoup plus loin qu'elle ne l'aurait fait seule.

Sa vie l'attend. Elle sera sans doute différente de celle qu'elle avait imaginée, mais c'est sa vie.

Dans la chambre qu'elle partage avec Maj et ses sœurs, Steffi défait sa valise sous le regard de son amie qui, visiblement, a hâte de savoir quelle décision elle a prise avec Nelli. Elle ne pose cependant aucune question. Pas tant que Britta est là.

Quand, finalement, elles sont seules, Steffi raconte tout ce qui s'est passé.

– Oh, dit Maj, les yeux remplis de larmes. Je suis triste pour toi que ce voyage ne se fasse pas mais si heureuse que tu restes !

Un peu plus tard, Steffi a rendez-vous avec Sven. Elle s'attend à passer la soirée de leurs retrouvailles chez lui, mais il l'accueille habillé pour sortir.

– On ne reste pas chez toi ?

– C'est l'anniversaire de Jan. Je lui ai promis de venir.

– Mais ça fait une semaine que nous ne nous sommes pas vus !

– On ne restera pas longtemps.

– Tu aurais pu me prévenir pour que je me change, moi aussi.

Pressée d'aller retrouver Sven, elle a gardé ses vêtements de travail. (Elle n'avait d'ailleurs pas pensé rester habillée très longtemps.) Pas une seconde, elle n'a imaginé qu'elle irait à une fête dans un restaurant.

– Excuse-moi, dit Sven. J'avais oublié. Tu es très belle comme ça.

Ils sont tous là autour de la table habituelle. Jan est complètement soûl dès huit heures. Lillemor, sa femme, est blême et n'arrête pas de quitter la salle pour aller aux toilettes. Quelqu'un fait discrètement comprendre à Steffi qu'elle est enceinte.

– Mais si Lillemor ne peut plus travailler, comment Jan va-t-il faire pour peindre ? Ça fait plus d'un an qu'il n'a pas vendu un seul tableau.

Irène a fait décolorer ses cheveux blonds qui, à présent, sont pratiquement blancs. Comme d'habitude, elle porte une robe noire avec un foulard rouge autour du cou. Assise à gauche de Sven, elle discute avec lui sans interruption. Steffi, qui est à sa droite, se trouve exclue de leur conversation.

À plusieurs reprises, elle essaie d'attirer l'attention de Sven pour lui proposer de rentrer, mais il se contente de répondre « Bientôt », sans vraiment l'écouter.

Steffi touche à peine son verre alors que Sven boit plus que d'habitude.

À onze heures et demie, Steffi se lève.

– Je m'en vais. Je travaille demain matin à huit heures.

Sven la regarde.

– Attends encore un peu.

– Je veux partir maintenant. Tu viens ?

Irène glisse quelque chose à l'oreille de Sven en faisant un sourire méchant.

Sven se lève. Il a du mal à tenir debout.

– D'accord, on y va.

Sa voix est sèche.

– Tu n'as pas besoin de partir. Je me débrouillerai seule.

Elle espère qu'il va s'opposer ou, du moins, proposer de lui appeler un taxi, mais il dit simplement :

– Si tu veux. Tu me téléphones demain ?

– Oui.

Il l'embrasse rapidement avant de se rasseoir et de reprendre sa conversation avec Irène.

Steffi se dirige vers la sortie, les yeux embués de

larmes. Elle ne veut pas qu'il la voie pleurer ! Surtout pas à cause de lui !

Quand ils se revoient le lendemain soir, tout est comme avant. Sven est tendre et attentionné. Il ne fait aucune allusion à ce qui s'est passé au restaurant. Steffi non plus.

Elle lui cherche des circonstances atténuantes : il avait trop bu, c'était seulement de la maladresse, il ne faut pas y attacher de l'importance.

Mais au fond d'elle-même, elle sait que ce n'est pas aussi simple.

33

Judith aura sans doute du mal à comprendre la décision de Steffi. D'après elle, il fallait évidemment accepter l'invitation en Amérique pour vivre auprès des « siens ». Mais Steffi espère qu'elle admettra qu'elle ne veuille pas quitter Nelli, maintenant qu'elle a, elle aussi, sa sœur à ses côtés.

Judith est heureuse depuis leur voyage à Uddevalla. Elle va souvent voir Édith à l'hôpital et elle a commencé à prendre des dispositions pour leur voyage en Palestine. Elle a déjà fait une demande de permis de séjour et elle a prévenu leurs frères installés là-bas.

Steffi téléphone à Mme Odelberg pour parler à son amie. Elle laisse sonner longtemps avant que la vieille dame décroche.

– Allô !

– Bonjour, mon nom est Stéphanie Steiner, pourrais-je parler à Judith Liebermann ?

Elle entend la respiration de Mme Odelberg.

– Êtes-vous une amie de mademoiselle Liebermann ?

– Oui.

– Dans ce cas, je vous conseille de venir immédiatement.

Le sang de Steffi se glace dans ses veines.

– Il lui est arrivé quelque chose ?

– Je ne sais pas. Il y a un problème, c'est certain. Ça fait plusieurs jours qu'elle est enfermée dans sa chambre.

– Elle n'est même pas allée travailler ?

– Non.

– J'arrive tout de suite.

Steffi raccroche, paie la communication et grimpe l'escalier quatre à quatre pour prévenir Maj. Dix minutes plus tard, elle monte dans le tram.

Judith, Judith ! Que lui est-il arrivé ?

Elle n'a presque pas le temps de sonner que Mme Odelberg lui ouvre. Visiblement, elle était pressée de la voir arriver. Steffi se précipite vers la chambre de Judith, frappe à sa porte verrouillée en criant :

– Judith ! Ouvre ! C'est moi !

Pas de réponse.

– Avez-vous une autre clé ?

La vieille dame opine lentement de la tête.

– Si j'arrive à la retrouver.

Elle se dirige vers la cuisine en claudiquant et fouille dans les tiroirs et les placards. Ça dure une éternité. Au moment où Steffi envisage d'appeler la police, ou une ambulance, ou un serrurier, Mme Odelberg se retourne en brandissant triomphalement la clé.

– La voilà !

Par chance, Judith n'a pas laissé la sienne dans la serrure. Steffi déverrouille la porte, abaisse la poignée et se prépare à une vision affreuse. Elle entend Mme Odelberg bouger nerveusement derrière elle.

Judith est étendue sur son lit, le visage tourné vers le mur. Elle a remonté la couverture au-dessus de sa tête, comme si elle avait froid malgré la chaleur estivale.

Elle est absolument immobile.

Steffi respire profondément et avance jusqu'au lit. Judith ne réagit toujours pas.

« Elle est morte, elle aussi », se dit Steffi.

Elle devine sa joue sous la couverture et l'effleure de sa main.

Sa peau est chaude. Elle reprend espoir.

– Judith !

Steffi la saisit par l'épaule et la secoue.

– Judith ! Réveille-toi !

En voyant Judith se retourner, elle ressent un immense soulagement. Pour commencer. Le choc est brutal quand elle découvre qu'il ne reste plus rien de sa chevelure blonde et frisée. Plus un seul cheveu. Le rasoir a laissé des traces de sang séché sur son crâne.

– Judith ! Que s'est-il passé ? Qu'as-tu fait à tes cheveux ?

Le regard de Judith est vide. Elle passe ses mains sur sa tête chauve et laisse échapper un petit rire étrange.

– C'est comme ça qu'ils doivent être.

– Quoi donc, Judith ? Que veux-tu dire ?

En apercevant Mme Odelberg sur le seuil de sa chambre, Judith s'écrie :

– Fais-la partir. Fais partir la *shikse.*

– Je pense qu'il serait préférable de nous laisser seules, madame Odelberg, dit Steffi. Je vais m'occuper de Judith.

– J'appelle le docteur ?

– Je ne crois pas que ce soit nécessaire.

Mme Odelberg semble soulagée et referme la porte.

Steffi prend la main de Judith et en profite pour vérifier discrètement son pouls. Il paraît normal. Son problème n'est donc pas somatique.

– Explique-moi pourquoi tu dis que tes cheveux sont comme ils doivent être ?

– J'ai été épargnée, commence Judith. C'est injuste, injuste, injuste. J'aurais dû être avec les autres. Avec Édith. Maintenant je suis comme eux.

Ses mots frappent Steffi comme si elle avait reçu un coup dans le ventre.

C'est vrai qu'elles ont été épargnées, elle et Judith.

– Non, ce n'est pas ta faute, Judith ! crie-t-elle en la secouant. Ce n'est pas ta faute !

Judith la regarde, l'air hagard. Puis elle se met à gémir en yiddish.

Steffi a envie de la frapper. Pourquoi ne l'écoute-t-elle pas ?

Judith prononce des mots incohérents et énumère le nom des membres de sa famille, encore et encore. Pendant un long moment, elle se balance, la tête entre les mains.

Steffi comprend que Judith a franchi une frontière. Elle n'est plus accessible. Steffi a beau faire des efforts, elle ne l'atteindra pas.

À travers le discours confus de Judith, la vérité tragique se révèle.

Édith est morte.

Petit à petit, Steffi reconstruit les événements en rassemblant les bribes d'information que Judith réussit à lui fournir :

Édith devait être transportée à un hôpital à Karlstad pour les malades atteints de la tuberculose. Comme c'était loin et que Judith aurait eu encore plus de difficultés pour aller la voir, elle s'y était opposée. Or, d'après les médecins, c'était une nécessité, l'hôpital d'Uddevalla n'étant qu'une solution temporaire puisque les écoliers réintégreraient leur école à la rentrée.

L'état d'Édith s'est détérioré. Elle a cessé de s'alimenter. Le matin où elle aurait dû être déplacée, on l'a trouvée morte dans son lit.

Judith n'en dit pas plus. Mais Steffi comprend très bien ce qui est arrivé ensuite.

Quelqu'un, peut-être l'infirmière qu'elles ont rencontrée à Uddevalla, a prévenu Judith par téléphone. Son chagrin a été tel que la carapace, derrière laquelle elle s'était réfugiée, s'est brisée. Elle s'est enfermée dans sa chambre, s'est rasé la tête, s'est étendue sur son lit et s'est isolée dans son monde à elle.

Mais, au moins, elle est vivante.

Steffi se rend compte qu'elle a besoin d'un médecin. Pas pour son corps mais pour son âme. Elle remet la couverture sur Judith et la borde en lui disant :

– Je reviens tout de suite.

– Stéphanie, dit Judith. Tu es bien Stéphanie Steiner de Vienne, n'est-ce pas ?

– Oui, je suis Steffi. Je reviens tout de suite, Judith, ne t'inquiète pas.

Elle demande l'autorisation d'utiliser le téléphone de Mme Odelberg et appelle les urgences.

– C'est pour une amie, qui souffre d'une dépression profonde après un choc psychique, explique-t-elle.

Une infirmière calme et aimable lui pose quelques questions.

– Nous vous envoyons un médecin qui jugera de son état, dit-elle.

Après avoir expliqué rapidement la situation à Mme Odelberg, Steffi retourne auprès de Judith et lui tient la main en attendant l'arrivée des secours.

Le médecin veut voir Judith seul. Steffi quitte la chambre et rejoint Mme Odelberg. Quelques minutes plus tard, elle entend Judith pousser des cris. Le médecin ouvre la porte et demande à téléphoner. Il donne quelques indications rapides à son interlocuteur. Judith n'arrête pas de crier et de gémir.

– J'ai appelé une ambulance, dit le médecin. Il faut l'hospitaliser. Sa vie est en danger. Vous êtes de sa famille ?

– Non, moi je suis une amie, répond Steffi, et madame Odelberg lui loue la chambre.

– Où sont ses proches ? Vous les avez prévenus ? s'impatiente le médecin.

Steffi le regarde droit dans les yeux.

– Elle n'en a pas, dit-elle. Ils ont tous été assassinés. C'est pour ça qu'elle souffre.

– Elle n'a plus personne ?

Le médecin ne semble pas avoir compris ce qu'elle venait de lui dire.

– Elle a deux frères en Palestine.

– Alors, il faut qu'une de vous deux signe ce papier.

Il sort une feuille de sa serviette que Steffi essaye désespérément de lire. Certains mots se détachent des autres.

« … internement… signature d'un membre de la famille… »

Que faire ? Doit-elle signer ?

– C'est vraiment indispensable ?

– Il me faut une signature.

– De l'interner, je veux dire.

– Vous ne comprenez pas que votre amie est suicidaire ?

Steffi n'a pas le choix. Elle appose sa signature en bas de la feuille.

Peu après, deux brancardiers massifs emportent Judith attachée sur une civière. Après s'être furieusement débattue, elle est maintenant silencieuse et calme. Son visage criblé de taches de rousseur paraît si petit et si maigre sans sa chevelure.

Steffi lui prend la main et la serre fort entre les siennes.

– À bientôt, Judith. On se reverra quand tu iras mieux.

– Stéphanie, dit Judith. Tu es bien Stéphanie Steiner de Vienne, n'est-ce pas ?

34

– Un homme comme lui ne devrait pas avoir le droit d'exercer la médecine.

Outré par ce qu'il vient d'entendre, Sven se passe la main dans sa tignasse qui reste dressée sur sa tête.

– Je n'aurais pas cru que tu aurais autant de considération pour ce métier, s'étonne Steffi.

– J'ai beaucoup de respect pour la médecine, rétorque-t-il, au point de ne pas me sentir à la hauteur. Quant à ceux qui l'exercent, c'est une autre paire de manches. Comme tu le sais, j'ai eu l'occasion de voir ça de près. Mais je dois admettre que le paternel n'aurait pas fait preuve d'autant de maladresse et d'insensibilité que ce sinistre personnage.

Il regarde Steffi et change de ton.

– Ne sois pas triste. Je suis sûr qu'elle aura un meilleur médecin à l'hôpital. C'est à Lillhagen qu'on l'a internée, c'est ça ?

– Oui.

Steffi est assise dans le fauteuil de Sven, les jambes repliées sous elle. Il règne un désordre plus grand que jamais dans la chambre. Des moutons de poussière se promènent partout dans les coins.

– Sven, j'ai eu tort de signer ? J'aurais dû refuser ?

Sven réfléchit.

– Non, tu n'avais pas le choix. Si tu avais refusé, il aurait fait appel à un autre médecin et si celui-ci avait fait le même diagnostic, ils l'auraient internée d'office. Ton refus n'aurait fait que retarder inutilement le processus. En plus, je pense qu'il avait raison. Qui se serait occupé d'elle si elle n'avait pas été hospitalisée ?

– Moi.

– Mais comment ? Elle a besoin d'une surveillance vingt-quatre heures sur vingt-quatre. Et quelle aurait été la réaction de sa propriétaire si elle avait hurlé des nuits durant ? Steffi, tu ne peux pas tout porter sur tes épaules.

Il a raison, bien sûr. Mais Steffi ne peut pas oublier la panique dans les yeux de Judith lorsqu'elle a essayé d'échapper aux brancardiers. Ni la terreur dans sa voix quand elle a crié : « Pas l'hôpital ! Pas l'hôpital ! On meurt à l'hôpital ! »

– N'y pense plus, dit Sven. Dans quelques jours, tu l'appelleras pour prendre de ses nouvelles. Tu pourras peut-être même aller la voir. Je t'accompagnerai, si tu veux. Maintenant, approche-toi que je t'embrasse.

Steffi regarde Sven, debout à côté d'elle, nonchalamment appuyé contre son bureau, sur lequel une pile de livres risque de s'écrouler à tout moment. Une vague de désir la traverse. Une petite inquiétude s'en mêle aussi. L'aime-t-il autant qu'elle ?

– Mon amour, dit-il. Tu m'as tant manqué.

– La semaine a été si longue.

– Interminable, tu veux dire. Viens !

Steffi se lève et s'approche de lui. Il la prend dans ses bras. Ils restent un moment visage contre visage, bouche contre bouche, corps contre corps.

– Je t'aime, murmure-t-elle.

Peut-être ne l'entend-il pas. Au lieu de répondre, il la fait taire en l'embrassant. Elle sent l'odeur de son after-shave, de sa chemise, de sa peau.

Un peu plus tard, quand ils sont au lit, la montre de Sven s'accroche à la chaîne que Steffi porte autour du cou. Il fait un mouvement brusque, la chaîne se casse et l'amulette tombe par terre. Steffi veut la ramasser.

– Laisse-la.

Elle n'a pas envie de la perdre et se libère de son étreinte.

D'abord elle ne la voit pas. Elle a dû rouler sous le lit. En se penchant un peu plus, elle l'aperçoit, mais il y a aussi autre chose. Quelque chose de rouge.

– Tu l'as retrouvée ?

Steffi ne répond pas. Elle tend la main et ramasse l'amulette. Ses doigts saisissent aussi un tissu doux et soyeux. Un foulard.

Le foulard rouge d'Irène.

– Comment a-t-il pu atterrir ici ?

– Qu'est-ce que c'est ? demande Sven en fronçant les sourcils.

– Tu le sais très bien.

La voix de Steffi est calme même si, intérieurement, elle tremble comme un oisillon tombé du nid.

– Quelqu'un a dû le perdre. Il doit être là depuis longtemps. Comme tu sais, je ne fais pas le ménage très souvent.

– Ne mens pas ! J'ai vu ce foulard il y a quelques jours. Autour du cou d'Irène.

– Irène ?

On dirait qu'il ne sait même pas de qui elle parle.

– Oui, Irène. Le jour de l'anniversaire de Jan.

– Elle en a peut-être plusieurs.

– Donc, celui-ci lui appartient ?

– Je n'en sais rien.

Steffi se lève, attrape ses vêtements et commence à se rhabiller.

– Qu'est-ce que tu fais ? Tu as vraiment le sens du drame, Steffi.

– J'aimerais bien que tu te décides à me dire la vérité, dit-elle tout bas.

– Alors, arrête de te rhabiller.

Elle fait ce qu'il lui demande et se tourne vers lui, son jupon dans la main.

– Oui, il est à Irène.

– Elle est donc venue ici. Pourquoi l'a-t-elle enlevé ?

– Tu t'en doutes bien, non ?

– C'était quand ?

– Le soir de l'anniversaire.

Elle le regarde sans comprendre.

– Tu l'as amenée ici ? Juste après mon départ ?

– Quelques heures après. Mais ce n'est pas moi qui lui ai demandé. C'est elle qui a insisté. J'étais passablement soûl. Je ne savais pas ce que je faisais. Pardonne-moi, Stéphanie !

– Comment as-tu pu ?

Désespérée, elle le frappe de ses poings serrés.

– Comment as-tu pu ? Comment ?

– Calme-toi ! Ça ne signifie rien, dit Sven en immobilisant ses bras pour éviter les coups. Avec une fille comme Irène, ça ne signifie rien. Elle couche avec tout le monde.

– Ah oui ?

À contrecœur, Steffi se rend compte que l'étonnement atténue sa colère.

– Avec tout le monde. Même avec Jan, poursuit Sven.

Elle est dégoûtée par le ton sur lequel il le dit. Comment peut-il s'exprimer de façon aussi légère quand il s'agit d'une chose aussi grave ? Steffi pense à Lillemor, la femme de Jan, qui attend un enfant.

Elle en a assez entendu. Elle enfile son jupon et attrape sa robe.

– Écoute-moi, on ne peut pas oublier tout ça ? C'était une erreur. Je ne me souviens plus de ce qui s'est passé. Je me suis peut-être endormi, tout simplement.

– Je m'en vais.

Elle boutonne sa robe.

– Stéphanie ! Tu n'es pas sérieuse ?

– Si.

Le regard de Sven s'assombrit.

– Tu aimes ou tu n'aimes pas. Soit l'un, soit l'autre. Tu te rends la vie facile, Stéphanie. C'est blanc ou c'est noir. Il faut que tu comprennes que la plupart du temps, la vie est un camaïeu de gris. Un peu sale. Médiocre. Ce que tu exiges de toi et des autres – à savoir l'absolu – est inhumain. Tu comprends ce que je te dis, Stéphanie ?

En la voyant se diriger vers l'entrée, il saute du lit et lui barre la route.

– Ne t'en va pas.

– Si.

– Tu reviendras ?

– Non.

– Je t'aime, Stéphanie.

C'est maintenant qu'il le dit. Maintenant qu'il est trop tard.

– Pousse-toi.

Il se déplace de quelques centimètres, lui permettant d'ouvrir la porte. Sans un regard, elle passe devant lui et sort. Mais elle sent son odeur. Pour la dernière fois.

Dehors, elle est prise de nausées et va vomir dans les buissons au pied de l'immeuble.

En deux jours, elle a perdu deux des personnes qui lui étaient les plus proches : Judith et Sven.

Il lui reste encore Maj, son amie fidèle qui l'écoute et qui la console sans lui dire, même du regard : « Je t'avais prévenue ! »

35

– Il y a une lettre pour Nelli !

Elsa, tout excitée, agite une petite enveloppe blanche. Elle est passée par la poste en allant à l'épicerie.

– Qu'est-ce que ça peut bien être ? s'exclame tante Alma.

Depuis que les lettres de ses parents ont cessé d'arriver, Nelli ne reçoit plus de courrier.

Il y a une certaine inquiétude dans la voix de tante Alma. A-t-elle peur que ce soit l'annonce du décès de son père ? Ou, au contraire, que ce soit lui qui les informe de son intention de venir chercher sa fille ?

Tante Alma prend l'enveloppe dans sa main et la regarde. Elle pousse un soupir de soulagement en constatant que les timbres sont suédois et qu'elle a été postée à Göteborg.

– Tiens, Nelli, dit-elle.

C'est une petite enveloppe élégante aux bords dorés.

Mademoiselle Nelli Steiner, chez M. Lindberg.

Ils auraient pu écrire Éléonore à la place de Nelli. Cela aurait été mieux assorti à la dorure.

Nelli demande à tante Alma de lui passer un couteau et l'ouvre prudemment. Tante Alma est intriguée. Ça se sent même si elle essaie de le cacher.

C'est une invitation écrite en lettres dorées.

Nous sommes honorés de vous convier
au vernissage de Carita Borg
le samedi 1er septembre
Cocktail à partir de 14 heures.

Et en caractères plus grands :

Rêves et cauchemars en Europe.
Sculptures et peintures à l'huile.

Le nom et l'adresse de la galerie sont ajoutés en bas de la carte.

Nelli lit le texte deux fois avant de la tendre à tante Alma.

– Ça alors ! Elle a pensé à t'inviter.

Nelli est vexée par la réaction de tante Alma. Comment Carita aurait-elle pu l'oublier ?

Tante Alma se met à se lamenter :

– Comment vas-tu t'habiller ? Et comment vas-tu faire pour t'y rendre ?

– Tu peux venir avec moi, l'invitation est valable pour deux personnes. C'est marqué.

– Oh non. Un *vrenissage*, ce n'est pas pour moi.

Sans corriger la prononciation de tante Alma, Nelli rétorque :

– Steffi pourrait venir me chercher au bateau et nous irions ensemble.

Rassurée, tante Alma va vérifier si la robe à fleurs de Nelli a besoin d'être lavée.

Quelques jours plus tard, Nelli apprend la bonne nouvelle à Steffi au téléphone, mais celle-ci ne semble pas très enthousiaste.

– C'est le week-end de mon déménagement et je ne suis pas sûre d'avoir le temps, dit-elle. D'ailleurs, j'aurai du mal à être là-bas à quatorze heures puisque je travaille jusqu'à treize heures trente.

– Si tu ne viens pas, je n'aurai pas le droit d'y aller, explique Nelli la gorge serrée.

– Tante Alma ne peut pas t'accompagner ?

– Non, elle ne veut pas. Et il faut que tu voies mon portrait.

– Bon, je vais me libérer et j'irai te chercher à l'arrivée du bateau. Ça te va ?

– Tu es gentille, dit Nelli. Je crois que ce sera amusant. Et il y aura un cocktail.

Elles se parlent un bon moment avant de raccrocher. Steffi est bavarde, mais Nelli sent que derrière le ton joyeux de sa voix se cache de la tristesse. Elle se demande si c'est parce que sa sœur a des renseignements sur leur père qu'elle n'a pas envie de lui donner. Elle n'ose pas lui poser la question.

– Alors, à samedi !

– À samedi, Steffi.

Ce n'est pas la première fois que Nelli s'aperçoit que Steffi lui cache des choses. Comme si elle avait toujours sept ans et qu'il fallait la protéger à tout prix ! Quand va-t-elle cesser de la prendre pour une gamine ?

Peut-être serait-il mieux qu'elles partent en Amérique, en fin de compte. Comme ça, elles feraient le grand voyage ensemble et elles s'occuperaient l'une de l'autre comme elles se l'étaient promis après la mort de leur mère.

Mais cela signifierait qu'elle quitte à jamais tante Alma, Elsa, John, Sonia et ses autres amis. Cela signifierait également qu'elle se sépare de la Nelli qu'elle est devenue en Suède et qui est différente de celle qu'elle aurait été à Vienne.

Pourquoi la vie est-elle si compliquée ?

L'été touche à sa fin. Les cours d'enseignement ménager commencent début septembre mais avant cela, Nelli ira au vernissage. Elle va enfin voir son portrait.

Elle se demande comment Carita l'a appelé. *Nelli et Pablo dans le fauteuil jaune ? Le petit frère et la grande sœur ?* Elle sait qu'on donne ce genre de titres aux tableaux. Steffi le lui a dit.

Elle espère que son nom figurera. Tous ceux qui viendront au vernissage la reconnaîtront probablement. D'autant plus qu'elle portera la même robe. Quelqu'un viendra peut-être lui dire : « Oh, c'est toi Nelli ? Quel portrait magnifique ! Et je vois que tu es aussi jolie dans la réalité. »

Nelli aimerait que Carita garde le portrait pour elle. Or Carita lui a expliqué que le but d'un vernissage était de vendre.

Nelli se demande qui va l'acheter. Le tableau sera peut-être accroché au-dessus d'un canapé dans une grande pièce lumineuse ? Ou à côté d'un piano dans un salon vieillot aux meubles sombres ? Qui croisera son regard à chaque fois qu'il entrera dans la pièce ? Qui époussettera le cadre doré et sourira en voyant la mine réjouie de Pablo ?

« C'est une peinture de Carita Borg », dira quelqu'un dans vingt ou cinquante ans. « Le portrait d'une jeune fille qu'elle a rencontrée un été et qui l'a charmée. Le nourrisson dans les bras de la jeune fille est le fils de Carita Borg. C'est ravissant, n'est-ce pas ? »

Mais pourquoi a-t-elle intitulé l'exposition *Rêves et cauchemars en Europe* ? Nelli a beau réfléchir, elle n'arrive pas à comprendre.

36

La valise est ouverte sur le lit. Steffi y range ses chemisiers, ses jupes, ses robes et ses gilets méticuleusement pliés. Elle rassemble ses chaussettes et les glisse dans les poches soyeuses du couvercle.

Pour finir, elle pose sur les vêtements les portraits de ses parents et la photo de la sortie familiale dans le Wienerwald et les recouvre d'un gilet pour protéger le verre.

Les affaires auxquelles elle tient le plus – son vieux nounours à la fourrure élimée et sa boîte à bijoux surmontée de la petite ballerine – sont restées sur l'île chez tante Marta.

Steffi se remémore les nombreuses fois où elle a fait sa valise au cours des six dernières années. La toute première, c'était avant le long voyage de Vienne en Suède. Elle se souvient encore de l'inquiétude de sa mère. De quoi ses filles auraient-elles besoin ? Allaient-elles passer l'hiver en Suède ? Y aurait-il un risque que leurs bijoux, pourtant sans grande valeur, leur soient confisqués par les Allemands à la frontière ?

La fois suivante, c'était quand elle était partie à Göteborg pour continuer sa scolarité, pleine d'espoir devant ce qui l'attendait au lycée et aussi à l'idée de retrouver Sven.

À peine six mois plus tard, elle était dans un désespoir noir quand elle y avait fourré ses affaires en toute hâte pour se réfugier sur l'île. Hedvig Björk était venue la chercher et l'avait ensuite hébergée dans son petit appartement pour lui permettre de reprendre force et courage avant d'entamer la suite. Elle n'avait jamais entièrement défait sa valise chez Hedvig Björk avant de la boucler de nouveau pour aller à Sandarna, dans le camion de déménagement de la famille Karlsson. C'était une installation triomphale dans un appartement hypermoderne pour l'époque, équipé d'eau chaude et de WC.

Maj est assise sur le lit d'en face et suit Steffi du regard.

– Tu veux mon gilet bleu ? propose-t-elle. Il me serre trop la poitrine.

Maj n'a jamais été mince mais, depuis quelque temps, son corps s'est mis à s'arrondir de partout. Ses seins, ses hanches, son derrière, tout est rond. Pas seulement son visage et ses lunettes.

– Je veux bien, si tu n'en as pas besoin.

– Il est trop petit.

Maj se lève, ouvre le tiroir de sa commode et sort le gilet que sa mère lui a tricoté. Il est d'un bleu lumineux et Steffi l'aime beaucoup.

– Tiens ! dit-elle fondant en larmes. Qu'est-ce que je vais devenir sans toi ?

– Je ne vais pas disparaître ! Änggården n'est pas

loin. D'ailleurs, toi non plus, tu ne vas pas passer ta vie ici.

Maj se mouche.

– C'est seulement que… commence-t-elle, j'ai toujours cru que nous partirions ensemble pour partager un appartement. Et voilà que tu t'en vas. Même Britta quittera certainement la maison avant moi, si elle se marie avec Berra.

– Et alors ? À mon avis, ils habiteront un taudis avec les toilettes dans la cour et des rats dans la cuisine. Tu trouves ça mieux ?

Maj ne peut pas s'empêcher de rire.

– Je ne le souhaite à personne, même pas à Britta bien qu'elle soit insupportable. À propos de jeunes ménages heureux, comment va Vera ?

– Pas mal. Son ventre a beaucoup grossi même si elle arrive encore à se pencher en avant et à se déplacer relativement vite. Glenn est mignon et sage. Il sera sans doute aussi roux que sa mère.

– Et son mari ?

– Il travaille le jour et étudie le soir. Il s'énerve quand Glenn fait du bruit et prétend que c'est la faute de Vera si elle est encore enceinte. Comme s'il n'y était pour rien.

Steffi ne veut pas répéter ce que Rikard a dit à Vera : « Toi, il suffit de te regarder pour que tu sois en cloque. » Quand Vera le lui a raconté, elle a ajouté : « Mais je peux te dire qu'il ne se contente pas de me regarder. Même maintenant, alors que je suis ronde comme un tonneau. »

Steffi a eu de la peine en entendant la réflexion

de Rikard. Pour rien au monde elle n'aimerait être à la place de son amie.

Elle a cependant senti une certaine satisfaction dans son commentaire et elle croit savoir pourquoi.

Il y a deux ans, la première grossesse de Vera a été une surprise totale pour Steffi. Elle n'avait rien compris. Elle était si naïve à l'époque, si inexpérimentée. Les tentatives de séduction de Bengt sous la véranda l'avaient effrayée.

À présent, la situation a changé. Elle connaît le plaisir de se trouver dans les bras d'un garçon. De coller son visage contre le sien, sa bouche contre la sienne, son corps contre le sien.

Vera continue de vivre cela alors que pour Steffi c'est fini.

Il lui est arrivé de regretter d'avoir rompu avec Sven. Était-ce réellement si épouvantable, ce qu'il avait fait ? Il avait bu et c'est sans doute vrai qu'Irène avait insisté. Pourquoi n'arrive-t-elle pas à lui pardonner ? Peut-être est-ce seulement une question d'orgueil ?

Il lui est même arrivé de vouloir l'appeler d'un bureau de tabac – pas de Konsum à cause des potins – mais au moment de décrocher le combiné, elle a été prise de dégoût en l'imaginant au lit avec Irène. Son cœur s'est mis à cogner dans sa poitrine et son estomac s'est retourné. Elle a raccroché et est ressortie.

« Je suis lâche et je manque de courage, c'est pourquoi je fais du mal autour de moi », lui a-t-il dit un jour. Elle était donc prévenue mais elle ne l'a pas cru. Alors, tant pis pour elle !

Steffi met le gilet de Maj dans sa valise et appuie sur le couvercle. Impossible de fermer un des deux côtés.

– Tu peux t'asseoir dessus ? demande-t-elle à Maj.

– Je risque de la casser ! Il vaut mieux que ce soit toi. Moi, je vais la boucler.

Par mesure de sécurité, Steffi entoure sa valise pleine à craquer d'une sangle. C'est dimanche qu'elle déménage, mais avant elle doit aller au vernissage avec Nelli.

37

Le bateau en provenance de l'archipel s'apprête à accoster à Träpiren. De loin, Steffi voit Nelli sur le pont, vêtue de sa robe à fleurs jaunes. Le vent doux de ce premier septembre rend les manteaux superflus.

Nelli est d'une gaieté exubérante et bavarde comme une pie. Elle parle du vernissage, du portrait, de Carita Borg.

« Pourvu qu'elle ne soit pas déçue, se dit Steffi. Pourvu que le portrait soit beau. Pourvu que Mme Borg ne l'ait pas oubliée. »

La galerie est située près de la Grande Avenue où elles se rendent en tram. Il leur faut ensuite un bon moment pour repérer la petite rue transversale.

– J'espère qu'on ne sera pas en retard ! s'inquiète Nelli.

– Il est à peine deux heures.

Dix minutes plus tard, elles trouvent la galerie où de nombreux invités évoluent derrière les portes vitrées. Certains sont bien habillés, d'autres ne se sont pas donné la peine de se changer.

– On entre ?

Nelli acquiesce. Steffi ouvre la porte.

Le bruit est assourdissant. Une serveuse circule au milieu de la foule avec un plateau.

– Servez-vous, je vous en prie ! dit-elle à Steffi et à Nelli en leur présentant des verres contenant un liquide pétillant de couleur jaunâtre. Il n'y a pas d'alcool dans ceux-là.

Elles prennent chacune un verre. Nelli trempe ses lèvres.

– Beurk, c'est acide, dit-elle.

– Tu n'as pas besoin de le boire, dit Steffi. Débarrasse-toi de ton verre.

Ce qui est plus facile à dire qu'à faire dans cette salle bondée.

– Où est Carita ? demande Nelli en regardant autour d'elle.

– Ne sois pas si impatiente. On finira bien par la trouver.

Soudain, Steffi aperçoit deux visages familiers parmi les invités : ceux de Lillemor et Jan, les amis de Sven. Elle se détourne rapidement. Ça lui est trop difficile de les revoir maintenant, surtout après ce que Sven a raconté sur Jan et Irène.

Trop tard, Lillemor l'a déjà vue et se fraye un chemin vers elle à travers la foule bien que son ventre soit déjà volumineux.

– Stéphanie ! Je suis contente de te voir ! Tu m'as manqué.

Elle semble sincère.

– Je ne vais pas t'embêter avec des questions, poursuit-elle, ni me mêler de ce qui ne me regarde pas. Je voudrais seulement te dire que je regrette pour Sven. Il avait enfin eu la chance de trouver une fille comme toi, quelqu'un de bien.

Elle baisse la voix :

– C'est à cause d'Irène ?

Steffi hoche la tête.

– Il faut être indulgente, continue Lillemor. Je suis bien placée pour le savoir. Mais toi, tu es si jeune et si jolie… Enfin, c'est dommage.

– Lillemor ! appelle Jan. Il faut que je te présente quelqu'un !

Lillemor pose sa main sur le bras de Steffi.

– À bientôt, j'espère. Au revoir, Stéphanie.

Nelli regarde Steffi les yeux écarquillés de curiosité.

Qu'a-t-elle voulu dire ? Qu'est-ce qui est dommage ?

– Rien. Il s'agit d'un ami commun.

– De Sven ? Je sais qui c'est.

Steffi est sauvée par Carita Borg qui se dirige vers elles.

– Nelli ! Nelli, ma chérie ! Comme je suis contente que tu aies pu venir ! J'imagine que c'est ta grande sœur. Ravie de faire votre connaissance, mademoiselle.

Elle se tourne vers l'homme qui est à ses côtés.

– Voici la petite Nelli. C'est elle qui a posé pour *Madone juive I et II.*

Madone juive ? Steffi a un pressentiment désagréable.

– Il y a deux tableaux ? s'étonne Nelli.

– Oui, confirme Carita. Vous ne les avez pas encore vus ? Ils sont accrochés dans la salle d'à côté.

– Viens, s'impatiente Nelli en prenant sa sœur par la main.

– Oui, allez-y, dit Carita Borg en indiquant le chemin à suivre d'un geste distrait. On se reverra tout à l'heure.

Il y a moins de monde dans la salle du fond. Manifestement, les invités s'intéressent davantage au cocktail qu'aux tableaux.

En franchissant le seuil, elles se trouvent immédiatement face aux deux portraits de Nelli.

Le tableau de gauche représente Nelli dans le fauteuil recouvert d'un tissu coloré et vêtue de sa robe à fleurs jaunes. Son visage aux joues roses est penché sur le petit bébé joufflu et gazouillant qu'elle tient dans ses bras. Le tableau est inondé d'une lumière chaude.

Celui de droite est de la même taille et le motif est le même : une fille aux traits de Nelli qui tient un nourrisson dans ses bras. Mais les couleurs sont froides, dans les tons gris et bleus. Le visage de la jeune fille a les traits creusés, sa tête est rasée. Elle porte un costume rayé de prisonnier. Dans le fond, on devine une clôture en fer barbelé. L'enfant est mort.

Steffi jette un regard rapide sur Nelli qui, la bouche ouverte, a les yeux rivés sur le tableau.

– Mais ça… ça ne peut pas être moi, articule-t-elle avec difficulté.

– Non, ce n'est pas toi, dit Steffi.

Elle sent la colère monter. Comment Carita Borg a-t-elle pu se permettre de représenter sa sœur ainsi ?

Le visage de Nelli se tord comme si elle allait fondre en larmes.

– Elle me ressemble, Steffi ! Elle me ressemble ! dit-elle d'une voix suraiguë.

Un homme et une femme sont entrés dans la salle derrière les deux filles.

– *Madone juive I et II*, lit la femme sur la feuille fournie par la galerie.

– C'est fort, commente l'homme. Très, très fort.

– Éprouvant, dit la femme.

– Le traitement des couleurs est fantastique.

– Mille deux cents couronnes. Relativement cher. Il faut dire que c'est un grand format.

– Viens, on s'en va, dit Steffi.

Elles bousculent les gens pour sortir de la galerie le plus vite possible. Arrivées à la porte, elles sont arrêtées par Carita Borg.

– Vous partez déjà ? J'avais l'intention de présenter Nelli à…

– Oui, on s'en va, dit Steffi. Et ayez désormais l'amabilité de ne plus déranger ma sœur.

Carita Borg fronce les sourcils.

– Je ne comprends pas.

– Non, vous ne comprenez pas, crie Steffi. Vous ne comprenez rien du tout. Vous ne comprenez même pas ce que vous peignez. Vous profitez de la souffrance des autres. Je n'ai jamais rencontré quelqu'un d'aussi dépourvu d'empathie que vous !

– Allons, allons, dit Carita Borg sèchement. Mademoiselle… comment vous appelez-vous déjà ?

Vous avez une vision de la peinture qui n'est pas très sophistiquée. Maintenant, veuillez m'excuser, j'ai une interview.

Elle leur tourne le dos et adresse un sourire au flash de l'appareil photo.

38

Qu'est-ce qu'il y avait de pire au vernissage, le tableau ou le comportement de Steffi ? Nelli ne sait plus. Elle n'a pas aimé que sa sœur se mette à insulter Carita et qu'elle lui fasse honte devant tout le monde. Elle aurait préféré qu'elles s'en aillent discrètement.

Steffi, toujours furieuse, entraîne Nelli le long de la Grande Avenue comme si elle voulait l'éloigner le plus possible de Carita Borg.

– Pas si vite, la supplie Nelli.

Steffi ralentit le pas et se tourne vers elle.

– Et si on allait dans un salon de thé à la place ?

– D'accord.

De l'autre côté de l'avenue, Nelli découvre l'enseigne dorée d'un beau salon de thé.

– En voilà un !

Steffi semble hésiter.

– Tu ne veux pas qu'on continue à chercher ?

– Il a l'air bien celui-là ! On ne peut pas y aller ?

Steffi hésite encore.

– J'ai de l'argent, précise Nelli, au cas où tu le trouverais trop cher.

– Mais non. C'est moi qui t'invite, bien entendu, et ce n'est pas plus cher ici qu'ailleurs.

Elles traversent l'avenue et ouvrent la porte. Nelli n'en revient pas de tant d'élégance ! Les fauteuils sont en velours rouge et de grands miroirs dans des cadres dorés sont accrochés aux murs. Les serveuses qui courent entre les tables portent un chemisier blanc, une jupe noire et un petit tablier en dentelles. Les clients sont nombreux ce samedi après-midi.

Elles ont la chance de trouver une table qui vient de se libérer près de la fenêtre. Une des serveuses est déjà là pour débarrasser les tasses et les assiettes vides.

– Tu veux du chocolat chaud ?

– Oh oui, merci.

– Et une pâtisserie ?

– Oh oui.

Nelli choisit un gâteau à la crème recouvert d'une pâte d'amandes verte. Steffi commande un café et un macaron au chocolat.

C'est de la vraie crème chantilly. Nelli la garde dans sa bouche aussi longtemps que possible en la laissant fondre lentement. La douceur de la crème se mélange avec l'amertume du chocolat et le goût très sucré de la pâte d'amandes. C'est absolument délicieux.

Elle en oublie presque le vernissage. Une fois la dernière goutte de crème avalée, son angoisse revient.

– Steffi, tu crois que Carita est très fâchée ?

– Fâchée ? Quelle importance ? Après ce qu'elle t'a fait.

– Le tableau clair était beau, murmure Nelli.

– Et l'autre ?

– Ce n'était pas la peine de crier. Tout le monde nous regardait.

– Et alors ?

Steffi change de ton.

– Pardon, Nelli. Je n'aurais peut-être pas dû crier mais je n'ai pas supporté qu'elle te fasse du mal. J'ai voulu te défendre.

– Je sais, je sais. Je ne t'en veux pas.

– Si tu veux rester à Göteborg jusqu'à demain, je peux passer un coup de fil à tante Alma pour la prévenir.

Nelli aurait effectivement aimé rester chez Steffi cette nuit. Elle aurait voulu dormir à côté d'elle dans son lit, mais elle sait que c'est la dernière soirée que sa sœur passe chez les Karlsson avant de déménager.

Elle fait non de la tête.

– Je vais rentrer. Tu m'accompagnes au bateau ?

– Bien sûr. Il nous reste presque deux heures avant le départ. On peut faire un petit tour, si tu veux. À moins que tu veuilles aller au cinéma, s'il y a une séance à cette heure-ci.

– Au cinéma ?

La proposition effraie Nelli. Le cinéma est interdit aux membres de l'Église pentecôtiste.

– Non, c'est vrai, j'avais oublié. Il vaut mieux ne pas défier Dieu inutilement. Alors, optons pour un petit tour. Il fait beau.

Le ciel est bleu et le soleil est chaud quand elles

sortent du salon de thé. Elles montent la Grande Avenue vers Götaplatsen.

– Je reconnais cette place, s'écrie Nelli. C'est ici qu'a eu lieu le rassemblement pour la paix.

– Oui, confirme Steffi. Et aujourd'hui, exactement six ans se sont écoulés depuis le début de la guerre.

– C'est vrai ? Si cette guerre n'avait pas eu lieu, je me demande comment serait notre vie à présent.

– Maman serait encore avec nous.

Nelli sent que le moment est venu de poser la question.

– Steffi, papa est mort, lui aussi ?

– Je ne sais pas. Je ne sais vraiment pas. Jusqu'à présent, personne n'a de ses nouvelles.

– Alors, il doit être mort.

Steffi ne répond pas. Elle prend la main de Nelli et la serre très fort.

– Je propose qu'on fasse quelque chose d'amusant, dit-elle. Allons à la forêt de Slottskogen.

Elles descendent du tram et empruntent un chemin qui traverse les grandes pelouses. En bas de la côte, près du bassin des phoques, il y a un marchand de ballons et de moulins à vent.

– Tu veux un moulin à vent ?

Nelli refuse. Elle a passé l'âge.

Elles sentent au loin l'odeur de la mer et du poisson qui provient du bassin des phoques.

Nelli a déjà vu ces drôles d'animaux à proximité de l'île mais jamais autant à la fois et jamais d'aussi près. Ils évoluent dans l'eau verte avec agilité, plongent, remontent et tournent sur eux-mêmes en pointant, de temps à autre, leur jolie tête au-dessus de la surface.

Elle ne peut pas s'empêcher d'avoir de la peine pour ces phoques qui sont privés de liberté. Il y a différentes sortes d'animaux dans Slottskogen – des élans, des cerfs, des chèvres, un renard et un paon qui fait la roue.

Quand il ne reste plus qu'une demi-heure avant le départ, Steffi raccompagne sa sœur à Träpiren. Elle reste ensuite sur la jetée jusqu'à ce qu'elle n'arrive plus à distinguer Nelli sur le pont.

39

La chambre est plutôt agréable bien que située en sous-sol, ce dont la propriétaire de la villa s'excuse. Il est vrai que les fenêtres sont placées un peu haut sur les murs, mais elles font entrer suffisamment de lumière, du moins tant qu'il fait encore beau. Steffi sait déjà ce que c'est que de vivre en sous-sol puisqu'elle le faisait chez tante Marta, lorsque les étages étaient occupés par les vacanciers.

Elle ne dispose que d'une plaque électrique et ne peut pas faire de vraie cuisine. Le midi, elle déjeune à la cantine de l'hôpital et le soir, elle se contente d'un thé et de tartines. Le dimanche, elle dîne en général chez les Karlsson quand elle ne part pas pour l'île.

Rentrer chez soi et se retrouver seule est une sensation nouvelle. Pourtant la solitude lui pèse parfois. Elle se demande si c'est ainsi qu'elle va vivre désormais : se lever le matin pour aller à un travail qui est déjà devenu une routine et retourner le soir dans une location meublée avec une plaque électrique en guise de cuisine. N'aura-t-elle jamais un endroit à elle ?

Il n'y a que chez tante Marta et oncle Evert qu'elle se sente bien, mais maintenant qu'elle est adulte et qu'elle doit subvenir à ses besoins, elle ne peut plus habiter avec eux.

Quelques semaines après l'hospitalisation de Judith, elle obtient enfin l'autorisation de lui rendre visite. Elle achète une orange qu'elle compte lui offrir.

Ce fruit à la couleur lumineuse était impossible à trouver pendant les années de guerre. Steffi a du mal à se souvenir de son goût. Les premières bananes sont également arrivées en Suède et dès que le prix deviendra plus abordable, elle en achètera pour les frères et sœurs de Maj. Elle imagine déjà le bonheur de la petite Ninni quand elle savourera pour la première fois une banane douce et fruitée.

L'orange coûte cher mais le prix n'a pas d'importance quand il s'agit de faire plaisir à Judith.

Steffi prend d'abord le tram, puis le bus pour se rendre à l'hôpital psychiatrique de Lillhagen. Les bâtiments sont clairs et modernes. La chambre de Judith se trouve au bout d'un long couloir qui donne sur une série de portes fermées. Elle entend de faibles gémissements derrière l'une d'elles. Ça sent l'hôpital. Cette odeur d'hygiène un peu piquante mêlée à quelque chose de douçâtre lui soulève le cœur.

– Oui ?

Une infirmière en robe bleue et tablier blanc s'arrête devant elle.

– Je cherche la chambre de Judith Liebermann.

– Mademoiselle Liebermann est dans la salle de jour, là-bas, à l'autre bout du couloir.

– Merci.

C'est une grande salle claire, impeccablement rangée. Les femmes qui l'occupent contrastent étrangement avec son organisation parfaite. L'une d'entre elles est occupée à transformer un journal en confettis. Une autre a remonté sa blouse d'hôpital et contemple ses jarretières avec méfiance. Une troisième est en pleine crise de délire. Elle hurle et tire sur ses vêtements en crachant et en jurant, mais elle n'oppose pas de résistance lorsqu'une infirmière vient la chercher.

Une petite silhouette menue en blouse d'hôpital est assise devant la fenêtre, le dos à la salle. Le contre-jour éclaire ses cheveux courts et frisés qui forment une auréole autour de sa tête. Elle chantonne doucement.

Steffi s'avance et se glisse entre la fenêtre et Judith qui lève les yeux, l'air surprise mais sans rien dire.

– Judith ? C'est moi, Steffi.

– Stéphanie Steiner de Vienne.

Elle prononce les mots avec difficulté en détachant chaque syllabe.

– Comment te sens-tu ?

– Je suis morte, dit Judith. Oui, je suis morte. Ils ont enterré Édith à ma place. Ils se sont trompés.

– Tu n'es pas morte ! Tu bouges, tu parles.

D'une certaine manière, Judith a raison. La fille sur la chaise n'est pas la Judith têtue et lucide à la langue bien pendue que Steffi a appris à connaître. Sa peau blanche criblée de taches de rousseur, son nez fin et ses paupières bombées sont les mêmes. Ses cheveux frisés ont commencé à repousser et deviennent reconnaissables, mais ses yeux bleus ont perdu leur éclat. Son visage n'est plus qu'un masque.

Steffi s'assied en face de Judith. En lui prenant la main, elle s'aperçoit que celle-ci est toute froide et s'efforce de la réchauffer entre les siennes.

– Judith, dit-elle, n'aie pas peur. Tu seras bientôt guérie et alors…

« … tu pourras rentrer chez toi », est-elle sur le point de dire. Mais Judith n'a plus d'endroit où aller.

Judith la regarde, puis se remet à fredonner une chanson en yiddish qui parle d'une mère.

Steffi reste un bon moment avec son amie. Au début, elle essaie de lui parler mais, en l'absence de réaction, elle se contente de lui tenir la main en gardant le silence. Un peu plus tard, une infirmière entre dans la salle en annonçant :

– L'heure des visites est terminée.

Son menton pointu se détache sur son col blanc amidonné. La broche d'infirmière orne le creux de son cou.

Au moment de partir, Steffi se souvient de l'orange et la sort de son emballage. Elle la pose dans la main de Judith.

– C'est une orange, Judith. Tu te souviens des oranges ?

Judith passe sa main sur la peau granuleuse, l'air de ne pas comprendre.

– Il faut l'éplucher, Judith.

Judith lâche le fruit qui tombe par terre. L'infirmière le ramasse.

– Il vaut mieux que je la garde pour éviter que quelqu'un d'autre la mange.

– Au revoir. À bientôt, dit Steffi en caressant la tête de Judith dont les lèvres esquissent un petit sourire.

Mais peut-être n'est-ce qu'une illusion…

– Guérira-t-elle un jour ? demande-t-elle à l'infirmière quand elles sont seules dans le couloir.

– Difficile à dire. Le docteur va tenter des électrochocs. Parfois, cela donne de bons résultats.

Des électrochocs, ça doit être terrible. Steffi frissonne. Mais si ça peut apporter une amélioration…

En retrouvant le soleil et l'air libre, elle a l'impression d'avoir passé des heures à l'hôpital. Sa montre indique cependant qu'elle n'est restée qu'une demiheure.

Steffi n'arrive pas à se débarrasser du soupçon que l'infirmière au menton pointu compte garder l'orange pour elle. Enfin, quelle idée stupide ! Elle la rendra, bien sûr. Espérons seulement que Judith aura envie d'y goûter.

40

Au laboratoire, quelques jours plus tard, le chef l'appelle.

– Stéphanie, on vous demande au téléphone.

Qui cela peut-il bien être ? Les rares personnes qui connaissent le numéro savent qu'il faut s'en servir seulement en cas d'urgence.

Peut-être est-ce l'hôpital psychiatrique qui a besoin de la joindre pour Judith ?

À moins que ce soit Sven ? Steffi se met à espérer malgré elle. Rien ne pourrait lui faire changer d'avis, mais s'ils se rencontraient encore une fois, elle arriverait peut-être à savoir si elle a eu raison de rompre.

– Allô ?

Sa main qui tient le combiné est moite.

– Steffi ?

C'est la voix de tante Marta. Est-il arrivé quelque chose à oncle Evert ? L'inquiétude s'empare immédiatement de Steffi. La Marine est loin d'avoir neutralisé toutes les mines. Récemment encore, un bateau de pêche a sauté.

– Oui, c'est moi.

– Steffi, répète tante Marta sur un ton qui indique qu'il ne s'agit pas d'un accident, tu dois immédiatement appeler la Communauté juive...

Tante Marta marque une pause. Steffi entend qu'elle chausse ses lunettes pour pouvoir lui lire le nom de la personne à contacter. C'est celui de la dame qui a aidé Steffi à remplir les formulaires.

Steffi a du mal à déglutir, sa gorge est sèche.

– Il est question de mon père ?

– Je ne sais pas. Elle veut te parler personnellement mais je n'ai pas l'impression que ce soient de mauvaises nouvelles. Téléphone-lui tout de suite.

Au moment de raccrocher, Steffi ajoute :

– Ne dis rien à Nelli, ni à tante Alma. Si j'ai du nouveau, je prendrai le bateau pour leur en parler.

– Non, je ne dirai rien à personne. Par contre, j'aimerais bien que tu me tiennes au courant dès que possible.

– Je t'appelle ce soir. Promis.

Steffi demande immédiatement l'autorisation de passer un coup de fil. Son chef est visiblement agacé, mais il change d'attitude quand Steffi lui explique la raison.

– Bien entendu, dit-il. Bonne chance.

La main de Steffi tremble lorsqu'elle compose le numéro. Elle doit s'y prendre à plusieurs fois pour arriver à mettre les chiffres dans le bon ordre.

– Un instant, dit une voix. Je vais voir si elle est là.

Au bout d'une attente interminable, la même voix revient.

– Elle est occupée pour l'instant. Qui la demande ?

– Stéphanie Steiner.

– Un instant, je vous prie.

Trente secondes plus tard, Steffi entend une autre voix.

– Stéphanie ?

C'est bien celle de la dame qu'elle connaît.

– Oui.

– Je pense avoir de bonnes nouvelles pour toi mais n'oublie pas que les renseignements dont je dispose ne sont pas absolument sûrs.

Elle fait une pause avant de poursuivre.

– J'ai été contactée par un homme qui se nomme Goldszmit. D'après ce qu'il m'a dit, vous vous êtes rencontrés à Uddevalla. C'est exact ?

Goldszmit, c'est l'homme qui connaissait papa.

– Oui, c'est vrai.

Il m'a raconté que la radio allemande diffusait des avis de recherche lancés par des personnes qui veulent retrouver des membres de leur famille. Lui et les autres réfugiés avec lesquels il se trouve se relaient jour et nuit pour les écouter. Tard hier soir, monsieur Goldszmit a entendu que ton père, Anton Steiner, cherchait ses filles en Suède.

– Où est-il ?

– Il faut se mettre en relation avec l'Hôpital juif de Vienne.

– Vienne ! Papa serait donc de retour à Vienne ? À l'Hôpital juif ? En tant que médecin ou malade ?

– C'est tout ce que je sais, dit la dame. Et j'insiste, je n'ai aucune garantie sur la véracité de ces renseignements. Mais il faut, bien entendu, que tu envoies un télégramme à Vienne. Ce qui m'étonne cependant, c'est que nous avons déjà envoyé un formulaire à cet endroit. As-tu reçu une réponse ?

– Oui, m'indiquant qu'ils ne savaient rien au sujet de mon père.

– Il faut quand même essayer, n'est-ce pas ?

Steffi remercie et raccroche. Elle se libère pour le restant de la journée et se rend au bureau des télégraphes au centre-ville.

Télégramme pour le Dr Anton Steiner, Hôpital juif, Vienne, Autriche, de Stéphanie Steiner, Göteborg, Suède, le 3 octobre 1945.

Papa stop Tu nous manques stop Envoie télégramme stop Nelli et moi allons bien stop

Steffi

Elle paie avec ses derniers sous.

– Il faut compter combien de temps pour avoir une réponse ?

– Cela dépend du destinataire, sourit la fille derrière le guichet.

– Au mieux ?

– Deux, trois jours.

La réponse arrive le samedi matin.

Télégramme pour Stéphanie Steiner, Göteborg, Suède, de Anton Steiner, Vienne, Autriche, le 5 octobre 1945.

Steffi chérie stop Vous me manquez aussi stop Suis guéri après maladie stop Communique ton adresse à Hôpital juif

Papa

Elle relit les quelques mots plusieurs fois. Ce message est encore plus court que ceux de Theresienstadt, mais il contient tout ce qu'elle veut savoir.

Son père est en vie !

41

Les cours de cuisine ont lieu le mardi et le jeudi. Nelli apprend à faire des boulettes de viande, à lever les filets des maquereaux, à préparer de la morue à la sauce aux œufs. Elle s'est confectionné une petite coiffe et un tablier à carreaux bleu et blanc, sur lequel elle a brodé ses initiales.

Les autres jours de la semaine, elle aide tante Alma avec les tâches ménagères et à faire les courses. Parfois, elle donne aussi un coup de main à Elsa et à John quand ils ont des problèmes avec leurs devoirs.

Le temps se traîne. Déjà au bout de quelques semaines, elle commence à regretter l'école. Surtout ses amies et leurs jeux pendant les récrés, mais également la gymnastique et les cours de chant. Même les vendredis après-midi lui manquent. C'est là que Mlle Bergström leur lisait des extraits des *Légendes du sous-lieutenant Stål.*

Les jours se ressemblent tous, mais progressivement, l'été se mue en automne, le vent de la mer se rafraîchit et les baies des sorbiers deviennent écarlates.

Le premier samedi d'octobre, Nelli et tante Alma cueillent toutes les pommes pour faire de la compote. Lorsqu'elles sont dans la cuisine en train de couper les fruits en quartiers, on frappe à la porte.

C'est Steffi. Selon la coutume sur l'île, elle entre sans attendre qu'on vienne lui ouvrir. Elle échange d'abord quelques mots de politesse avec tante Alma, puis elle dit :

– J'aimerais parler seule à seule avec Nelli.

Une petite inquiétude se devine dans le regard de tante Alma, mais sa voix est calme quand elle leur propose d'aller dans la chambre.

– Assieds-toi, dit Steffi à Nelli, une fois la porte fermée.

Le cœur de Nelli cogne dans sa poitrine. Elle repense à d'autres moments où Steffi a voulu être seule avec elle, soit pour la réprimander, soit pour lui annoncer de mauvaises nouvelles concernant leurs parents.

De quoi peut-il bien s'agir cette fois-ci ?

– Nelli, papa est en vie ! Il m'a envoyé un télégramme.

Elle sort un bout de papier de la poche de sa jupe et le montre à Nelli qui s'efforce de déchiffrer les mots en allemand. La langue parlée, elle la comprend encore, même si la plupart du temps elle parle suédois avec Steffi, mais elle a oublié la langue écrite. Elle était si jeune quand elle a quitté l'Autriche. C'est en Suède qu'elle a appris à lire et à écrire.

Le sens ne lui échappe cependant pas. Papa est en vie et il écrit que ses filles lui manquent.

Papa. Sa blouse blanche. Ses lunettes. Son odeur. La porte fermée de son bureau. La voix de maman : « Chut ! Pas si fort, Nelli. Papa travaille. »

Son père. Qui est-il ?

Nelli regarde sa sœur.

– Qu'est-ce qu'il veut, Steffi ? demande-t-elle d'une voix tremblante. Allons-nous repartir en Autriche maintenant ?

Steffi fait non de la tête.

– Pas encore, en tout cas. Je pense que papa n'a pas d'endroit où habiter puisqu'il m'a demandé de lui écrire à l'hôpital. Il ne restera peut-être même pas à Vienne.

– Tu crois qu'il va venir ici ?

– Je ne sais pas. Ça serait peut-être le mieux. Je vais lui raconter comment nous vivons, comme ça, il pourra en tenir compte quand il prendra sa décision. Il va falloir patienter encore un peu.

– Et… l'adoption ?

Steffi lui jette un regard étonné.

– Tu comprends bien que tante Alma et oncle Sigurd ne pourront plus t'adopter ? Tu n'es pas orpheline.

– Il faut être orphelin pour être adopté ?

– Oui, sauf si les parents biologiques donnent leur accord. Mais toi, tu veux rester en Suède ? Tu aimerais qu'ils t'adoptent quand même ? C'est ça que tu préférerais ?

– Je ne sais pas, murmure Nelli. C'est seulement que… je ne me souviens presque plus de lui.

– C'est vrai ?

– Oui.

– J'oublie que tu étais si jeune quand nous sommes venues ici. Tu n'as plus aucun souvenir de notre vie d'avant ?

– Je me souviens de maman. Mais pas de papa. Seulement de sa blouse blanche et de son odeur étrange quand il revenait de son cabinet. Et que je n'avais pas le droit de jouer dans l'entrée quand il travaillait dans son bureau.

– Tu as oublié nos sorties dans le Wienerwald ?

– Je sais que nous y sommes allés, grâce à la photo, mais je ne m'en souviens pas. Si, il y a encore une chose dont je me souviens, ajoute Nelli après un moment de réflexion : parfois, tu entrais dans son bureau et vous fermiez la porte. Moi, je n'avais pas le droit d'y aller. Je me suis toujours demandé ce que vous faisiez.

– Papa me lisait des passages de ses gros livres. Il m'apprenait aussi à jouer aux échecs. Toi, tu étais encore trop petite.

– Tu crois qu'il m'aurait appris à y jouer à moi aussi, si nous n'étions pas parties ?

– J'en suis convaincue. Il va pouvoir le faire maintenant.

– Je n'en serai pas capable. Je ne suis pas aussi intelligente que toi.

– Bien sûr que si. D'ailleurs, ça n'a aucune importance. Papa t'aime telle que tu es.

– Tu crois ?

– Je le sais. Papa veut ce qu'il y a de mieux pour nous. Il l'a toujours fait. C'est pour ça qu'ils nous ont envoyées en Suède, lui et maman. Si tu es sûre que tu préfères rester ici, il sera d'accord. Je te le promets, Nelli.

– Et toi ? Si tu t'en vas, je…

– N'y pense pas encore. Attendons d'avoir de ses nouvelles.

– Et tante Alma… ? dit Nelli.

– Tu veux le lui dire ou tu veux que ce soit moi ?

– J'aimerais que ce soit toi.

– D'accord. Je vais la voir tout de suite. Tu n'as qu'à rester ici.

Nelli est à la fois heureuse, triste, curieuse et inquiète.

Le bruit d'une assiette qui tombe par terre trahit la réaction de tante Alma. Nelli se précipite dans la cuisine et se jette dans ses bras, comme quand elle était petite.

– Tante Alma, tante Alma ! dit-elle. Ne sois pas triste. S'il te plaît, tante Alma, je ne veux pas que tu sois triste !

42

Tante Marta a préparé le café en attendant le retour de Steffi. Elle a déjà été prévenue par téléphone du résultat de son coup de fil à la Communauté juive.

– Comment a-t-elle réagi ? demande-t-elle. Alma, je veux dire.

– Elle a fait tomber une assiette. Elle a aussi versé quelques larmes mais elle a dit que c'était parce qu'elle était en train d'éplucher un oignon.

– Quand je pense qu'elle était prête à envoyer la petite à l'orphelinat il n'y a pas si longtemps parce que Sigurd le voulait, dit tante Marta. Alma est quelqu'un de bien, c'est certain, mais elle manque de caractère, bien qu'elle soit croyante.

Steffi sourit.

– Il est possible que Dieu ne donne pas d'instructions aussi précises aux autres qu'à toi.

– Ne blasphème pas, petite.

La voix de tante Marta est sèche mais un petit sourire se devine au coin de ses lèvres.

– Tante Marta, sais-tu comment j'appelais cette maison au début ?

– Non ? Dis-moi.

– La maison du bout du monde.

– Le bout du monde… oui, ce n'est pas totalement faux.

– Je ne suis pas d'accord, fait Steffi, ce n'est pas le bout du monde ici. Nous sommes au milieu du monde. Le monde n'a pas de bout. Il est aussi vaste que nous avons le courage de l'admettre.

Tante Marta tourne la cuillère dans sa tasse à café.

– Toi, tu es un grand penseur et tu as sans doute raison. Je le crois, moi aussi, même si je ne suis jamais allée plus loin qu'à Göteborg.

– Jamais ?

– Si, une fois dans ma jeunesse, quand je faisais partie de la chorale de l'Église pentecôtiste. Nous sommes partis à Jönköping participer à une messe sous un chapiteau. D'ailleurs, Evert serait d'accord avec toi. Dans le temps, il disait souvent : « Il y a toujours quelque chose derrière l'horizon. »

– Il rentre ce soir ?

– Je ne crois pas. Demain matin, peut-être.

– Tante Marta, je ne sais pas comment je vais pouvoir vous quitter.

– Moi, j'ai toujours su que tu nous quitterais un jour. Je suis heureuse et reconnaissante d'avoir pu te garder aussi longtemps. Et je sais que tu penseras à nous et que tu nous écriras où que tu ailles.

– Oui, je le ferai. Mais…

Tante Marta avale un morceau de sucre avec une gorgée de café.

– Le jour où nous aurons du vrai café, ce sera un jour de joie, dit-elle.

Steffi sait que tante Marta est plus émue qu'elle ne veut le montrer.

Quand Steffi se réveille le lendemain matin, elle entend du bruit dans la cuisine. Elle enfile ses vêtements et descend l'escalier.

Oncle Evert, encore vêtu de son gros pull et de son bleu de travail, est attablé devant une tasse de café. Il s'est juste débarrassé de ses bottes.

Tante Marta a mis une grosse marmite sur le feu et a sorti la bassine en zinc qui leur sert pour la toilette.

– Tiens, voilà la petite, dit oncle Evert. Il n'est que six heures. Nous t'avons réveillée ?

– Ça ne fait rien. Je ne suis pas fatiguée. Je peux prendre une tasse de café avec vous ?

– Il est encore chaud, dit tante Marta. Sers-toi.

Steffi promène son regard de l'un à l'autre. Oncle Evert a passé une semaine en mer et n'est pas encore au courant du télégramme. À moins que tante Marta ait eu le temps de lui en parler.

Steffi regarde tante Marta dans les yeux et l'interroge silencieusement. Tante Marta comprend le message et lui fait non de la tête.

Steffi tire la conclusion que c'est à elle de le lui annoncer. C'est d'ailleurs ce qu'elle préfère.

Quand oncle Evert a fait sa toilette et qu'ils ont mangé la bouillie du matin, Steffi dit :

– Tu ne veux pas qu'on fasse un petit tour en barque, oncle Evert ? À moins que tu sois fatigué ?

– Pas du tout. La journée sera belle quand la brume se sera dissipée.

– Oui, allez-y, dit tante Marta. Moi, je vais à la messe.

Le ponton se trouve encore à l'ombre mais ils n'ont pas besoin de s'en éloigner beaucoup pour voir le disque pâle du soleil apparaître de l'autre côté de l'île.

– Il m'a semblé que tu avais quelque chose à me dire, Steffi.

– Oui. Papa est vivant. J'ai eu de ses nouvelles.

– Et il vous demande de venir ?

– Je ne sais pas. J'ai juste reçu un télégramme très bref.

– C'est probablement ce qu'il veut. Tu ne crois pas ?

– À moins qu'il vienne ici.

– Ce n'est pas très facile pour une personne âgée de changer de pays et de langue. Mais c'est vrai que si j'avais une fille comme toi, j'irais n'importe où pour être avec elle.

Steffi n'arrive plus à retenir ses larmes.

– Oncle Evert, je ne sais pas comment je vais pouvoir vous quitter. Vous avez été si gentils avec moi. Je vous aime tant.

Oncle Evert lui tend un grand mouchoir.

– La vie est ce qu'elle est, dit-il. Mais dis-toi bien qu'il y a toujours quelque chose derrière l'horizon.

Le navire est à quai, imposant avec ses nombreuses rangées de hublots, ses ponts, sa passerelle de commandant et sa cheminée frappée de l'emblème suédois : les trois couronnes.

Nelli attend, sa valise à la main. Elle se sent toute petite. Petite et pleine d'appréhension. Tout à l'heure, elle va embarquer avec Steffi sur le *Gripsholm*, le navire de la Compagnie transatlantique suédoise, qui va les emmener de l'autre côté de la mer. La première escale sera à Southampton en Angleterre où leur père les rejoindra. Ensuite, ils continueront ensemble jusqu'à New York. En Amérique.

Nelli a froid aux pieds, malgré ses nouvelles chaussures. Hier, le soleil de mars a fait fondre la neige. Aujourd'hui il fait moins 10 degrés avec un vent glacial venant de la mer.

Les visages autour d'elle sont graves. Tante Alma, oncle Sigurd, Elsa et John. Tante Marta et oncle Evert. Tous solennels et en vêtements de ville. Maj et sa mère, Vera et ses deux petits sont aussi là. Ce matin, avant de quitter l'île, Nelli a dit au revoir à Sonia. Elles ont pleuré toutes les deux. Sonia lui a rendu le collier en corail qu'elle lui avait offert à Noël la première année. Le collier de sa mère.

– Je n'aurais pas dû accepter ton cadeau, a dit Sonia. J'étais trop petite, je ne me rendais pas compte de sa valeur. Maintenant, c'est toi qui porteras ce collier.

Nelli aurait pu continuer de vivre chez tante Alma et oncle Sigurd, si elle avait voulu. Son père lui a dit qu'il ne s'y opposerait pas si elle choisissait de rester en Suède.

Je ne peux pas exiger que tu viennes, a-t-il écrit. *Je comprends que ta famille d'accueil t'apporte le réconfort dont tu as besoin et que tu te sentes bien chez elle après tant d'années. Si elle veut t'adopter et que c'est ce que tu désires, je n'ai pas l'intention de m'y opposer. Mais quel que soit ton choix, sache que je t'aime.*

Nelli a beaucoup pleuré quand elle a lu la lettre. Pourquoi faut-il choisir ? Pourquoi faut-il que tout soit aussi difficile ?

Steffi a décidé de partir. Alors, comment aurait-elle pu rester sans sa sœur ? À présent, elle a fait son choix et elle ne le regrette pas, même si ça fait mal de se séparer de tante Alma et des autres.

Steffi promène son regard autour d'elle. Ils sont tous là, comme le jour de son bac. Seule Judith manque. Cette fois aussi. C'était très difficile de la quitter à l'hôpital. Elle était dans le même état que six mois auparavant, aussi absente, aussi muette. Les électrochocs n'avaient rien changé. Steffi a prévenu ses frères en Palestine de ce qui lui était arrivé. Peut-être pourront-ils la faire venir plus tard. Être entourée des siens lui ferait certainement du bien.

Il y a quelqu'un d'autre qui manque.

Sven.

Ils ne se sont pas revus depuis l'été. Il ne l'a pas appelée. Est-ce par lâcheté ? Ou bien son amour n'était-il pas plus profond que ça ? Elle ne le saura jamais. Au cours de ces derniers mois, ayant d'autres préoccupations, elle a de moins en moins pensé à lui.

La première lettre de son père lui a apporté une explication à son silence. Lorsque la guerre s'est terminée, il était dans un camp de concentration à Stutthof qui a été libéré par les Russes. De là, il n'y avait aucune possibilité d'envoyer des lettres à l'étranger. Il a marché jusqu'à la zone américaine mais en arrivant, il a perdu connaissance et a été hospitalisé dans un hôpital militaire. Il y est resté plus d'un mois. C'est seulement fin septembre qu'il a réussi à se rendre à Vienne. Mais il n'y avait plus rien pour l'y retenir.

Notre Vienne n'existe plus, a-t-il écrit. *Il n'y a plus rien, ni famille, ni amis, ni collègues. Vienne est devenu un cimetière. Les Autrichiens fêtent « la libération » du nazisme en oubliant que ce sont eux qui l'ont accueilli les bras ouverts il y a seulement quelques années. Chaque fois que je croise un visage aimable dans la rue, je me demande : Cet homme, que faisait-il pendant la guerre ? Ou cette femme, a-t-elle porté une croix gammée sur sa veste ?*

Il a écrit qu'il n'était pas contre l'idée de s'installer en Suède et Steffi a commencé à se renseigner sur les formalités. Obtenir une carte de séjour ne serait pas trop difficile, Nelli étant mineure. Par contre, exercer la médecine poserait de gros problèmes. Les réfugiés européens devaient recommencer leur formation ou alors se limiter à soigner des malades de leur propre peuple. Son père a été furieux en apprenant cela.

« Mon propre peuple » ! C'est exactement comme les lois raciales des nazis. En 1938 à Vienne, j'étais également réduit à soigner « mon propre peuple ».

Tante Émilie a envoyé une lettre de Plainfield, disant qu'oncle Arthur aidera papa à créer son cabinet. Aux États-Unis, il n'y a rien qui l'empêchera d'exercer son métier et oncle Arthur se portera garant vis-à-vis de la banque.

C'est cette information qui a été décisive et à présent, ils sont en route. Au printemps, Steffi va aider son père dans son cabinet et en automne, elle va commencer ses études de médecine. Oncle Arthur a promis de financer leur vie jusqu'à ce que papa puisse prendre la relève. Nelli va reprendre l'école et elle suivra des cours de musique.

Une nouvelle vie va commencer.

Steffi met sa main sur l'épaule de Nelli.

– C'est l'heure, Nelli ! Nous allons embarquer.

Les adieux se font sans paroles. Tout a déjà été dit. Les deux sœurs empoignent leur valise et montent la passerelle. Un homme en uniforme leur indique leur cabine, mais Steffi et Nelli préfèrent rester sur le pont pendant l'appareillage du navire. Elles tiennent à voir leurs amis aussi longtemps que possible.

Le démarrage des machines fait vibrer la coque du bateau. Les amarres sont larguées, la passerelle est retirée. En bas sur le quai, les gens paraissent tout petits, comme des poupées.

Le navire quitte le quai, s'engage dans le chenal vers l'ouest. Le large les attend.

Collection Romans

Niveau de lecture : 3e et plus

L'Amour en chaussettes
de Gudule

Delphine est amoureuse de son prof d'arts plastiques qui leur a fait un cours décoiffant sur le préservatif. Quand elle comprendra que rien n'est possible avec lui, elle trouvera refuge dans les bras d'Arthur avec qui elle vivra sa première expérience sexuelle...

La Danse interdite
de Rachel Hausfater

Perla et Wladek s'aiment. Tous les deux sont polonais mais elle est juive, pas lui. On les sépare. Perla est envoyée aux États-Unis rejoindre son père. Plus tard, elle retourne en Pologne au moment où les Allemands envahissent le pays...

Un jour avec Lola
de Jean-Paul Nozière

Lola joue à remplacer sa mère partie depuis deux ans. Elle emprunte sa garde-robe et mime ses attitudes auprès de son père qu'elle vénère par-dessus tout. Ses allures de femme-enfant préoccupent les services sociaux.

Le Goût de la mangue
de Catherine Missonnier

Madagascar, 1956. Anna se sent mal intégrée dans le cercle privilégié de la jeunesse blanche de l'île, en cette fin de domination coloniale. Avec la rencontre de Léon, les tensions indépendantistes vont faire irruption dans le quotidien de l'adolescente.

Acte II
de Michel Le Bourhis

L'année de la seconde scelle pour Vincent l'adieu à l'enfance : premiers émois, premiers embrasements aussi pour les mots lus ou écrits. Ceux-là mêmes qui poussent son professeur de lettres à quitter l'enseignement pour se lancer dans le théâtre professionnel.

Série noire sur le *Chérie Noire*
de Jean-Paul Nozière

Sur son pauvre rafiot, Philémon Frigo cherche un sujet pour son prochain livre. Pressé par son éditeur, il promet d'écrire en trois semaines la biographie romancée de Jean Philibert Loca, légende vivante de la littérature. Et vogue la galère, sur laquelle l'accompagne Souad, la belle secrétaire touareg...

Vers des jours meilleurs
de Marc Cantin

Zack a seize ans et fume de l'herbe, régulièrement. Il aimerait faire partager à Maïa ces moments où il plane. Il espère que ça les aidera à franchir le pas... à faire l'amour pour la première fois. Un jour on lui propose de passer à autre chose. Des ecstasys d'abord et un peu de cocaïne, en cadeau...

L'Ogre blanc
de Jean-François Chabas

Noraughengi est un géant. Un sommet, quelque part en Asie, que tous les grands alpinistes rêvent de gravir. Nombreux sont ceux qui y ont laissé la vie... Un jour, Aram décide de tenter la conquête du monstre. Son frère Pietr refuse de le laisser partir seul.

Pouvoir se taire, et encore
de Marie-Sophie Vermot

À quel moment peut-on dire que Dina a basculé vers l'anorexie ? Quel a été le déclic ? Est-ce l'opération chirurgicale qui a transformé son visage qu'elle ne reconnaît plus ? Sa première grande déception sentimentale, juste après avoir fait l'amour pour la première fois ? L'attitude de sa mère ? Un peu tout cela ?

Star-Crossed Lovers
de Mikaël Ollivier

Une usine qui ferme, une grève qui éclate, une ville qui s'embrase, et deux adolescents qui s'aiment d'autant plus passionnément que tout et tous semblent vouloir les séparer. Car Guillaume, le fils du patron de l'usine, et Clara, la fille de son délégué syndical, sont aussi, à leur manière, des *star-crossed lovers*, des amants maudits par les étoiles.

Les Carnets de Lily B.
de Véronique M. Le Normand

La vie de Lily B., alias Blachon, quinze ans, n'est pas un long fleuve tranquille : ses parents se séparent, Lily se sent moche et parfaitement incomprise... Mais l'amour rattrape même ceux qui n'y croient pas.

La Saison des chamailles
de Véronique M. Le Normand

Ce qui compte le plus pour Lily Blachon, c'est la bande de copains, les rendez-vous dans les cafés, les discussions interminables et essentielles. Et aussi son amitié avec Florian. L'alter ego, le confident, le frère, l'ami, l'indispensable... En le perdant, Lily va brusquement mesurer son attachement à Florian : et si c'était lui, l'amoureux qu'elle cherche en vain ?

Le Roman de Noémie
de Véronique M. Le Normand

Lily Blachon est en terminale et découvre les grandes interrogations philosophiques. Elle reçoit par la poste de jolis cahiers blancs, ceux de son arrière-grand-mère, morte l'été précédent. Sur chaque page figure une date, mais les pages sont vierges...

CET OUVRAGE A ÉTÉ ACHEVÉ D'IMPRIMER
SOUS D'AUTRES HORIZONS POUR LE COMPTE
DES ÉDITIONS THIERRY MAGNIER PAR
L'IMPRIMERIE TECHNIC IMPRIM À 91 LES ULIS EN
AOÛT 2006 DÉPÔT LÉGAL : SEPTEMBRE 2006

Imprimé en France